Philipp Spitta

Über Johann Sebastian Bach

Philipp Spitta
Über Johann Sebastian Bach
ISBN/EAN: 9783743435209

Hergestellt in Europa, USA, Kanada, Australien, Japan

Cover: Foto ©Raphael Reischuk / pixelio.de

Manufactured and distributed by brebook publishing software
(www.brebook.com)

Philipp Spitta

Über Johann Sebastian Bach

Ueber Johann Sebastian Bach.

Von

Philipp Spitta

in Berlin.

Alle Rechte vorbehalten.

1.

Ueber Johann Sebastian Bach.

Von

Philipp Spitta.

ohann Sebastian Bach führte laut eigner Angabe sein Geschlecht auf einen Ahnherrn zurück, der in der zweiten Hälfte des 16. Jahrhunderts im Dorfe Wechmar bei Gotha geboren wurde. Daß dieser seinen Vornamen Veit mit dem Schutzheiligen der dortigen Kirche gemeinsam hatte, läßt eine innigere Verbindung seiner Familie mit den Angelegenheiten des Ortes muthmaßen, und andere Nachrichten bestätigen dies. Ueberhaupt findet sich in den nächstgelegenen Gegenden Thüringens der Name Bach weit verbreitet, so daß wir es jedenfalls mit einem altansässigen Geschlechte zu thun haben. Veit Bach wurde wohl nur deshalb als Ahnherr genannt, weil bei ihm zuerst die Neigung zur Musik hervorgetreten zu sein scheint, welche seine Nachkommen mehr als hundert Jahre hindurch ausnahmslos auszeichnete. Mit der Neigung ging die beständige Begabung Hand in Hand. Beständig zeigten sich die Bachs auch in der Anhänglichkeit an ihr thüringisches Heimathland, nur eine Linie verzweigte sich ins Fränkische hinein. In Eisenach, Arnstadt, Erfurt und nahegelegenen Orten waren sie lange Zeit im Besitz der Cantoren-

Organisten-, Stadt- und Hofmusikanten-Stellen, in Erfurt beispielsweise ununterbrochen von 1635 bis wenigstens 1735 Directoren der Rathsmusik, und auch als keiner ihres Geschlechts mehr mit derselben in Verbindung stand, nannte man die Stadtmusikanten dort aus alter Gewohnheit immer noch „die Bache". Ein sehr lebhaftes Gefühl für die Einheit des großen Geschlechtes veranlaßte die Glieder desselben zu regelmäßigen jährlichen Zusammenkünften an einem der drei genannten Oerter und sog neue Nahrung aus denselben. Unter sorgfältiger Pflege der von den Vorfahren ererbten musikalischen Traditionen erwuchsen von Generation zu Generation bedeutendere Künstler, bis endlich in Johann Sebastian Bach die höchste musikalische Potenz des Geschlechtes zur Erscheinung kommt.

Er wurde am 21. März 1685 zu Eisenach geboren; dort war sein Vater, Ambrosius Bach, Stadtmusikus, sein Oheim, Johann Christoph Bach, Stadtorganist. Die Mutter, welche ihn als jüngstes Kind ihrer Ehe geboren hatte, verlor er im 10. Lebensjahre, ein Jahr darauf starb auch der Vater, die Familie löste sich auf und ein älterer Bruder nahm den Knaben zu sich nach Ohrdruf. Er soll sein erster Lehrer im Clavierspiel gewesen sein; dies schließt nicht aus, daß Sebastian schon gewisse musikalische Fertigkeiten besaß. Der Eisenacher Oheim war ein großer Künstler, und mußte als Orgelspieler und als Componist des Neffen Begabung mächtig anregen. Jedenfalls hat er sich früh auch auf der Geige versucht, dem Hauptinstrumente seines Vaters; und da ihn die Natur mit einer schönen Sopranstimme begabt hatte, dürfte er dem currenten Schülerchore angehört haben, als dessen Mitglied 200 Jahre früher Martin Luther singend durch die Straßen Eisenachs zog. Alle höheren Lehranstalten waren damals auch Pflegstätten für die Musik; was Bach in Eisenach aufgab, fand er am Lyceum zu Ohrdruf wieder. Hier begann er zugleich sich eine solide Bildung anzueignen, und als es ihm im Hause des weniger begabten Bruders zu eng wurde, setzte er von Ostern 1700 seine Studien an der Schule des Michaelisklosters in Lüneburg fort. Arm wie er war mußte er schon jetzt von der Musik leben, was ihm zunächst sein Gesang ermöglichte. Aus den Mitteln des Klosters wurde der Grundstock des Chores erhalten, in welchen Bach sofort Aufnahme fand. Als er seine Sopranstimme verlor half die allgemeine musikalische Brauchbarkeit weiter. Bereits bedurfte er eines Lehrers in seiner Kunst nicht mehr. Der erwachende Genius trieb ihn voran, die Traditionen des Geschlechtes zeigten den Weg. Von Anfang an war es die Orgelkunst gewesen, welche ihn am mächtigsten angezogen hatte; auf sie warf er sich jetzt mit größter Energie, ferner auch auf Clavierspiel und -Composition. An Anregung fehlte es nicht, so übte namentlich der geistreiche Georg Böhm, Organist an der Johanniskirche und Landsmann Bachs einen bedeutenden Einfluß auf ihn aus. Traten die fördernden Elemente nicht von selbst heran, so wurden sie aufgesucht; rüstiger Fußwanderer und an einfachste Lebensart gewöhnt, pilgerte er bald nach Hamburg, wo Größen wie Johann Adam Reinken und Vincentius Lübeck als Organisten wirkten, bald nach Celle, um die nach französischem Muster eingerichtete Capelle des letzten Herzogs zu belauschen. Was er so erfaßte, was in den Partituren der besten Meister sich ihm darbot, machte er durch unablässige technische und compositorische Studien sich mit einem Eifer zu eigen, der ihm selbst des Nachts nicht Ruhe ließ.

Im Jahre 1703 war die Michaelisschule durchlaufen, und Bachs Leben ist voll von Beweisen, daß er nicht nur in der Musik mit Gründlichkeit zu lernen und zu arbeiten verstanden hat. Ziemlich allgemein herrschte damals die Sitte, daß ein Musiker, wollte er irgendwie höher hinaus, auf Universitäten studirt haben mußte. Was Händel, Telemann, Stölzel und so manche von Bachs Vettern thaten, blieb Sebastians hochstrebendem Geiste versagt; arm, alleinstehend in der Welt und auf sich selbst gewiesen, suchte er Arbeit, die ihn ernährte. Er wandte seine Blicke zur Heimath zurück, in Weimar erhielt er einen Posten als Violinist an der Privatcapelle des Prinzen Johann Ernst, Bruders des regierenden Herzogs. Wenige Monate später führte ihn ein ehrenvoller Ruf nach Arnstadt, einem der Sammelpunkte seines Geschlechts, und in entsprechendere Verhältnisse. Arnstadt war damals eine Residenz schwarzburgischer Grafen, die seit einiger Zeit mancherlei für die Musik thaten. Der eben jetzt regierende Graf Anton Günther verfügte über eine hübsche Capelle, welche sich freilich nur zum Theil aus professionirten Musikern zusammensetzte, Actuare, Registratoren, Kammerdiener mußten sie ergänzen, selbstverständlich auch die Cantoren und Organisten nicht nur der Stadt, sondern bei besonderen Veranlassungen selbst des ganzen Ländchens. So hielt man es damals an all den kleinen thüringischen Fürstenhöfen. Als Schwiegersohn des Herzogs Anton Ulrich von Braunschweig, der viel auf die Oper verwendete, richtete sich der Graf auch ein Theater ein: Schüler und Handwerker agirten, die gräfliche Capelle machte die Musik, und jeder hatte gegen ein gewisses Eintrittsgeld zu den Vorstellungen Zugang. Doch waren es nicht diese Verhältnisse, in welche Bach berufen wurde, wenn er ihnen auf die Dauer auch nicht ganz fern bleiben konnte. Die zwei Jahre zuvor vollendete Orgel in der Neuen Kirche war bisher durch einen wenig fähigen Organisten bedient worden; die Bürgerschaft, stolz auf das aus eignen Mitteln erbaute Werk, wünschte für dasselbe einen tüchtigen Künstler zu gewinnen. In dem 18jährigen Sebastian Bach glaubte sie diesen gefunden zu haben; ihn brachte die neue Stellung mit seinem Lieblingsinstrumente in engste Berührung und gewährte zugleich zu eignen Arbeiten die erwünschte Muße. Die vier in Arnstadt verbrachten Jahre haben ihn zur Meisterschaft gezeitigt; ihre arbeiterfüllte Stille unterbrach er nur einmal durch eine Reise nach Lübeck. Hier wirkte damals noch Dietrich Buxtehude, einer der größten Orgelvirtuosen seiner Zeit, der auch in der Weihnachtszeit weitberühmte Choraufführungen in der dortigen Marienkirche veranstaltete. Die Mittel zu dieser Reise hatte sich Bach bei einem Jahresgehalte von einigen 70 Thalern zu erübrigen vermocht, den 50 Meilen langen Weg legte er zu Fuße zurück. Gefesselt durch Buxtehudes hohe und originale Kunst, weilte er über ein Vierteljahr in seiner Nähe. Der Meister war ein hoher Sechziger, man suchte sich für den Fall seines Todes eines würdigen Nachfolgers zeitig zu vergewissern. Bach hätte dieser Nachfolger werden und sich dadurch plötzlich in glänzende Verhältnisse bringen können; er zog es vor in seiner Einsamkeit weiter zu arbeiten. Als er jedoch im Februar 1706 nach Arnstadt zurückkehrte, hatte er einen erbetenen vierwöchentlichen Urlaub dennoch fast um das vierfache überschritten, eine Unbotmäßigkeit, welche ihn mit seiner Behörde in Conflict brachte. Man war überhaupt mit den dienstlichen Leistungen des jungen Künstlers nicht eben zufrieden: er verfuhr eigenmächtig, zeigte sich eigensinnig, und war bei seinem aufbrausenden Temperament mit einem Chor von Schülern, der ihm zur Vorbereitung für den eigentlichen Gesangchor unterstellt war, dermaßen an- und auseinander gerathen, daß schon längst keine Uebungen mehr zu Stande kamen. Alles dieses wurde ihm bei einer Vorladung vor das Consistorium in milder und würdiger Weise vorgehalten. Der Erfolg war freilich nur der, daß Bach seitdem von Arnstadt fortzukommen suchte. Es gelang ihm im Sommer 1707 Organist an der Blasius-Kirche zu Mühlhausen zu werden.

Mit diesem Ereignisse schließen seine Lehr- und Wanderjahre ab, wenn von letzteren überhaupt gesprochen werden darf. Er selbst markirte den Zeitpunkt dadurch, daß er sich nunmehr verheirathete; er führte seine Base Maria Barbara Bach aus Gehren heim, die er schon in Arnstadt kennen gelernt hatte, und hat mit ihr eine dreizehnjährige glückliche Ehe durchlebt, aus welcher die bedeutendsten seiner Söhne entsprossen sind. Im sicheren Gefühle seiner Meisterschaft begann er sogleich in das stagnirende Leben des einst musikalisch berühmten Mühlhausen einzugreifen, suchte den Kirchenchor zu höheren Aufgaben zu erziehen, arbeitete mit ausgezeichneter Sachkenntniß den Entwurf zu einer gründlichen Reparatur seiner Orgel aus und setzte überhaupt in die Herstellung einer reichen und bedeutenden Kirchenmusik seine einzige Aufgabe. Allein hier gerieth er sehr bald in Meinungsverschiedenheit mit seinem Superintendenten, Dr. Frohne, welcher, dem Spenerschen Pietismus zugethan, ein selbständigeres Hervortreten der Musik im protestantischen Cultus nicht billigte. Ein Vergleich war, wo es sich um Bachs Lebenszweck handelte, nicht denkbar und so entschloß er sich schon nach einem Jahre, Mühlhausen wieder zu verlassen, zum großen Verdruß des städtischen Rathes, welcher ihn hoch schätzen gelernt hatte und die Leitung des nach seinen Angaben begonnenen Orgelbaues auch trotz Wegganges in seiner Hand beließ.

Bach kehrte nun an den Ort zurück, von welchem er vor fünf Jahren seine Künstlerlaufbahn begonnen hatte. Am weimarischen Hofe hatte er sich kurz zuvor als Orgelvirtuos hören lassen, und die Folge davon war die sofortige Berufung zum herzoglichen Hoforganisten gewesen. Hemmungen wie in Mühlhausen standen hier nicht zu befürchten, vielmehr lagen die Verhältnisse für die Tendenz des Bachschen Genius so günstig, wie sie nur gedacht werden konnten. Herzog Wilhelm Ernst von Sachsen-Weimar war eine ernste, strenge Natur, deren hauptsächliche, ja einzige Interessen sich in religiöser und kirchlicher Richtung bewegten. Aber er war dabei ein entschiedener Gegner des kunstfeindlichen Pietismus und schätzte namentlich Bestrebungen auf dem Gebiete kirchlicher Musik. Die musikalischen Neigungen der meisten Fürstenhöfe jener Zeit gingen ganz in dem Interesse für die Oper auf; andererseits konnten sich kaum anderswo als an einem Fürstenhofe in gleichem Maße die Mittel und die reifende Gunst der Verhältnisse finden, deren Bach zur Gestaltung seiner Ideenwelt bedurfte, so daß beide, der Herzog wie der Künstler, recht für einander bestimmt zu sein schienen. Die Wirksamkeit Bachs während des neunjährigen Aufenthaltes in Weimar stellt sich nach- und nebeneinander als eine dreifache dar. Zunächst erhob er sich hier als Orgelspieler und -Componist zum vollen Glanze und zu weitreichender Berühmtheit. Bei weitem die meisten seiner Orgelcompositionen sind in dieser Zeit entstanden, theilweise wohl zum Zwecke seiner zahlreichen Kunstreisen welche er gewöhnlich im Herbst an die Fürstenhöfe und in die bedeutenden Städte Mittel= deutschlands zu unternehmen pflegte. In Cassel riß er einmal den Erbprinzen Friedrich, nachmaligen König von Schweden, durch ein mit unerhörter Virtuosität ausgeführtes Pedalsolo zur höchsten Be= wunderung hin, und bekannt ist, wie er im Jahre 1717 in Dresden den französischen Organisten Marchand glänzend überwand, welcher mit Bach einen musikalischen Wettkampf eingehen sollte, aber aus Furcht vor seinem Gegner vor der Zeit heimlich Dresden verließ. Mit diesem Ereignisse, das in gewissen Kreisen zugleich als ein Triumph der deutschen Kunst über die französische angesehen wurde, trat er in den Zenith seines Virtuosenruhmes und galt seitdem bei allen, mit Ausschluß der wenigen, welche ihm Händel in London gleichzusetzen suchten, bis an sein Lebensende als der größte Orgel= spieler der Welt, ein Ruhm, den ihm bis heute niemand hat streitig machen können. Außer als Hoforganist war Bach in Weimar auch als Kammermusikus angestellt, da er nicht nur einzigartiger Orgel= und Clavierspieler, sondern auch ein tüchtiger Geiger war. In ersterem Amte diente er mehr den Interessen des Herzogs, in letzterem denen seines Neffen, des Prinzen Johann Ernst, welcher für Musik leidenschaftlich begeistert und ungewöhnlich begabt war. Die italiä= nische Kammermusik stand damals in ihrer vollen Blüthe und wurde mit Vorliebe auch am weimarischen Hofe gepflegt. Zum ersten Male hatte Bach Gelegenheit, die Italiäner von dieser Seite gründlich kennen zu lernen, ihre Formen in sich zu verarbeiten, und zu originalen Schöpfungen um= und auszubilden. Endlich rückte er im Jahre 1714 zum Concertmeister auf und bekam wegen des Alters

und der Gebrechlichkeit des Capellmeisters Drese damit wohl die
Leitung der Kammermusiken durchaus und einen beträchtlichen Theil
der Kirchenmusiken in seine Hand. Hatte er auch vorher schon
manches Bedeutende auf dem Gebiete kirchlicher Vocalmusik geleistet,
so begann doch von jetzt an eine Verpflichtung zur regelmäßigen
Composition von Kirchencantaten, und von dieser Zeit an betritt er
zuerst mit Entschiedenheit den Weg, welcher ihn zu einer ganz neuen
Art kirchlicher Musik führen sollte. So nach den verschiedensten
Seiten hin thätig und von der Zuneigung und Hochachtung des
herzoglichen Hofes getragen, verbrachte er in Weimar fruchtreiche
und glückliche Jahre. Eine Vocation als Organist nach Halle lehnte
er ab und wußte gegen eine dreiste Insinuation der dortigen Kir=
chenältesten seine Mannesehre in schneidiger Weise zu wahren. Am
Ende des Jahres 1716 starb der alte Drese und Bach hatte das
nächste Recht auf den Capellmeisterposten. Vielleicht hat es ihn
verstimmt, daß man den jungen Drese, einen unbedeutenden Musiker,
ihm vorzog. Er schloß im folgenden Jahre seine weimarische Periode
ab, und folgte einem Rufe als Capellmeister an den fürstlichen Hof
von Anhalt=Cöthen.

Fünf Jahre musikalischen Stilllebens könnte man den jetzt fol=
genden Lebensabschnitt nennen. Denn sein Schwerpunkt liegt durch=
aus auf dem Gebiete, welches dem Hange zum traulichen, tiefsinnigen
Musiciren im engen, verständnißvollen Kreise seine Existenz verdankt.
Mit dem Kirchendienste hatte Bach in keiner der drei cöthenischen
Gotteshäuser etwas zu thun; außerdem waren der Hof und ein
großer Theil der Bevölkerung reformirt und deshalb von Kirchen=
musik nicht viel die Rede. Aber der 23jährige Fürst Leopold, eine
helle, aufgeweckte Natur mit unverkennbar künstlerischem Zuge, war
in Gesang und Spiel selbst ausübender Musiker, und nach Bachs
eignem Zeugniß mehr als Dilettant. Die unter seiner persönlichen
Theilnahme und im Abschluß von der Außenwelt geübte Kammer=
musik umfaßt Bachs Thätigkeit in Cöthen. Nur durch Kunstreisen
erhielt er sich mit der großen musikalischen Welt in Verbindung.
Eine derselben brachte ihn nach Hamburg und mit dem alten Reinken
in Berührung, dessen Spiel er fast 20 Jahre zuvor als Kunstjünger
gelauscht hatte; jetzt erkannte der Meister den Meister. Das Auf=
sehen, das er dort in weitesten Kreisen machte, war so gewaltig,

der Gedanke, unter einem großen, kunstempfänglichen Publikum zu wirken, so verlockend, daß er den Versuch machte, sich an der Jacobikirche zum Organisten annehmen zu lassen. Der Versuch mißlang, weil ein unfähiger Mensch das Kirchencollegium mit 4000 Mark zu seinen Gunsten bestach. Ein anderes Mal kam Bach nach Halle und suchte Händel dort auf, der aber unmittelbar vorher seine Vaterstadt wieder verlassen hatte, um nach London zurückzukehren. Auch 10 Jahre später wollte es ihm nicht glücken, seines großen Zeitgenossen Bekanntschaft zu machen, dessen Werke er neidlos bewunderte und theilweise eigenhändig abschrieb. Schon in frühester Jugend waren beide Künstler einmal nahe an einander hergestreift, da Händel 1703 nach Hamburg kam, Bach in demselben Jahre von Lüneburg aus vielleicht zum letzten Male dort war. Wenig später besuchte ersterer Buxtehude in Lübeck und spielte auf der Orgel, vor welcher zwei Jahre nachher auch Bach stand; dann führten ihre Lebenswege immer weiter auseinander und gesehen haben sie sich nie. Dem Fürsten Leopold aber wurde Bach bald ein Freund, ein unentbehrlicher Umgang, den er sogar auf seinen Reisen mit sich nahm. Bach kam dabei oft in Lagen, wo ihm nicht nur jeder weitere musikalische Verkehr, sondern selbst ein Instrument zum Spielen unerreichbar war; nach einer Tradition hat er in einer solchen Isolirtheit die größere Anzahl der Präludien und Fugen des ersten Theiles vom Wohltemperirten Claviere componirt. Als er im Sommer 1720 mit dem Fürsten aus Carlsbad heimkehrte, trat er in ein verwaistes Haus. Während seiner Abwesenheit war die Gattin erkrankt und gestorben, ohne daß eine Kunde davon zu ihm gedrungen war; er konnte nichts thun, als an ihrem Grabe trauern. Eine zweite Ehe schloß er später mit einer Sängerin am fürstlichen Hofe zu Cöthen, für deren tüchtige musikalische Begabung und Ausbildung sowohl ihres Gatten eigene Worte zeugen, als auch die lebendige Theilnahme, welche sie nachweislich den Werken desselben zuwendete. Nur acht Tage später vermählte sich auch Fürst Leopold, dies war für Bach insofern ein folgenreiches Ereigniß, als die Fürstin wenig Interesse für Musik zu hegen schien und im Zusammenhange damit auch des Gemahls Eifer vorübergehend sich abkühlte. Jetzt trat es Bach deutlich vor die Seele, daß er in Cöthen, fern von aller Beschäftigung mit kirchlicher Musik, doch nicht an seinem eigentlichen Platze sei. Als echter Musiker hatte er in dem ausschließlichen

Weben und Wirken im Reiche der reinen Instrumentalmusik zeitweilig sein volles Genügen gefunden, hatte an ihr seine Kraft gestärkt, sein Streben geläutert, nun galt es in die Bahn zurückzulenken, auf welcher er einsam zur höchsten Höhe emporklimmen sollte.

Am 5. Juni 1722 war Johann Kuhnau gestorben, aus der ununterbrochenen Reihe trefflicher Cantoren der Leipziger Thomasschule einer der hervorragendsten. Bach war mit Kuhnau wohlbekannt und selbst früher mehre Male in Leipzig gewesen, theils um dort zu spielen, theils um auf Einladung der Universität die neuerbaute Orgel der Paulinerkirche zu prüfen. Er war daher über den Wirkungskreis eines Thomas-Cantors wohl orientirt. Trotzdem oder vielleicht eben darum zögerte er, sich um die erledigte Stelle zu bewerben, er mußte wissen, daß sie viel unerfreuliches, unbequemes und seiner Natur widerstrebendes mit sich führe. Aber die Erwägung, daß er in den Mittelpunkt eines kirchlich-musikalischen Lebens von seltener Ausdehnung und Mannigfaltigkeit treten würde, auch die Rücksicht auf seine heranwachsenden und den Studien zugeneigten Söhne ließ ihn endlich den Entschluß fassen. Am 31. Mai 1723 wurde er als Nachfolger Kuhnaus eingeführt. Seine Wohnung erhielt er im Schulgebäude und hat diese nur einmal auf kurze Zeit gewechselt, als im Jahre 1731 die Thomasschule in der Weise umgebaut wurde wie sie, wenngleich ihrer alten Bestimmung nicht mehr dienend, noch heute steht. Von dem wissenschaftlichen Unterricht, zu welchem vordem die Cantoren verpflichtet gewesen waren, wußte er sich später zu befreien; ihm blieb die Leitung oder Beaufsichtigung der Singstunden, von denen an den ersten drei Wochentagen je zwei, und eine am Freitage statt fand. Die Zahl der Alumnen, aus welchen der Singchor gebildet wurde, betrug 55. Dieselben hatten zu bestimmten Zeiten, namentlich am Gregorius- und Martinitage, sowie um die Michaelis- und Neujahrszeit singend die Stadt zu durchziehen, und mußten für diese Umzüge von ihren Präfecten unter Aufsicht des Cantors vorbereitet werden. Vor allem aber lag ihnen die Ausführung der gottesdienstlichen Musik in der Thomas- und Nicolaikirche, und in beschränktem Maße auch in der Neuen-, Petri- und Johanniskirche ob, welche der Cantor theils selbst zu dirigiren theils doch zu überwachen hatte. Vergegenwärtigt man sich nun, daß die Einrichtung des Gottesdienstes in den Leipziger Kirchen

damals noch das Mitwirken der Musik in viel reichlicherem Maße
beanspruchte, als jetzt, und es Ehrensache der Cantoren war, diesen
Ansprüchen großen Theils mit eignen Compositionen zu genügen, daß
ferner Bach auch in der Universitätskirche gewisse Functionen hatte
und akademische Feierlichkeiten durch seine Tonschöpfungen schmücken
sollte, daß er zeitweilig wenigstens eines der Collegia musica
dirigirte freie Vereinigungen musikliebender Leute, namentlich von
Studenten, zu Vocal- und Instrumental-Musik, und überhaupt in
jenem Zeitalter der Gelegenheitsmusiken die Veranlassungen zu Compositionen einen Mann wie Bach von allen Seiten umstanden, so
wird seine öffentliche Wirksamkeit als eine ansehnliche erscheinen.
Dennoch und obwohl er in dieser Stellung bis an seinen Tod ver-
harrte läßt sich nicht verkennen, daß sie ihn nur theilweise befrie-
digte. Täuscht nicht alles, so hat er sich gerade als Cantor niemals
recht wohl gefühlt. Der stolze Künstler, verehrt und angestaunt
von Deutschlands musikalischer Welt, durch Ehrentitel der Fürsten-
und Königshöfe geziert, aufgesucht und umworben von allen Künstlern, die ihr Weg nach Leipzig führte, konnte sich in die nach damaligen Begriffen untergeordnete Stellung mit ihren lästigen Neben-
verpflichtungen schwer finden. Dazu kam noch, daß seine Vorgesetzten
nicht immer das ihrige thaten, sie ihm erträglicher zu machen. Gewisse Uebergriffe des an selbständiges Handeln gewöhnten energischen Mannes wurden ihm eifersüchtig verdacht, Dienstversäumnisse,
die hier und da vorkamen, trotz seiner eminenten Thätigkeit für die
Kunst, und trotzdem daß im übrigen die Disciplin der Anstalt bis
in die dreißiger Jahre des Jahrhunderts eine sehr laxe war, übel
vermerkt und getadelt, dagegen aber den sachkundigen Vorstellungen
Bachs wegen Verbesserung der musikalischen Hülfsmittel kaum Gehör
geschenkt, und wiederum der an der Neuen Kirche selbständig wal-
tende Musikdirector in freigebiger Weise unterstützt. Auch konnte der
Meister mit den vorhandenen Kräften, da namentlich die Instrumen-
tisten ganz ungenügend waren, dasjenige nicht leisten, was ihm als
Ideal vorschwebte und der wirksamen Aufführung seiner eignen Werke
zur Voraussetzung diente. Durch solche Erfahrungen war er nach
einer siebenjährigen Thätigkeit, welche außer ungezählten großartigen
Cantaten auch die Composition der Johannes- und Matthäuspassion
einschließt, dermaßen verstimmt geworden, daß er einem Freunde
in Danzig schrieb, er sei gesonnen sein Amt niederzulegen. So weit

kam es indessen nicht, und wenn auch Mißhelligkeiten größerer und kleinerer Art fernerhin nicht ausblieben, so wurde doch ein wirklicher Bruch vermieden. Von Seiten Bachs wirkten wohl das herannahende Alter und die Rücksicht auf seine Familie mildernd ein, und die Behörden, durch Erfahrungen gewitzigt, hüteten sich seinen Unwillen zu reizen: er war bei seiner rücksichtslosen Gradheit und der Wucht seiner ganzen Persönlichkeit ein unbequemer Gegner. Indessen wäre es unbillig, nur diese Seite seiner amtlichen Beziehungen herauszukehren. So war ihm z. B. Johann Mathias Gesner, welcher von 1730—1734 der Thomasschule als Rector vorstand und Bachs Bekanntschaft schon in Weimar gemacht hatte, aufs innigste befreundet, und zu den schönsten Zeugnissen der Zeitgenossen gehören die Worte, mit welchen in einer Anmerkung zum Quinctilian der Gelehrte den Künstler preist, „der mehr Gaben in sich vereinige, als Orpheus und Arion zusammen". Die Jahre ihres Zusammenwirkens bezeichnen die glücklichste Periode in Bachs Leben zu Leipzig. Seinen Schulpflichten suchte Gesner das drückende zu benehmen, seine Beziehungen zur städtischen Behörde freundlicher zu gestalten. Die musikalischen Verhältnisse hoben sich, zwar ohne wesentliches Zuthun des Rathes, durch Bachs immer mächtiger werdenden Einfluß. In dieser Zeit fühlte er sich wirklich wohl in Leipzig und äußerte es unumwunden. Einige Jahre darauf verbitterte ihm freilich ein heftiger Competenzconflict mit dem Nachfolger Gesners seine Stellung um so gründlicher. Der langwierige Streit wurde endlich beigelegt, allein um den collegialischen Frieden war es zum Schaden der Schule und der Musikübung für immer geschehen.

Der Enge seines Berufs entzog sich Bach nicht selten dadurch, daß er auch von Leipzig aus andere Kunststätten und befreundete Künstler aufsuchte. Namentlich ging er gern nach Dresden. Hier hatte er sich durch seinen Wettkampf mit Marchand viele Freunde erworben, das musikalische Treiben war ein sehr reges, freilich mehr nach italiänischem und französischem Muster eingerichtetes, und eine Anzahl bedeutender Künstler hatte sich an dem glänzenden Hofe Augusts des Starken zusammengezogen. Für die italiänische Oper, welche der verwelschte Deutsche Adolph Hasse leitete, war Bach nicht ohne Interesse, obgleich seine eigene Kunstrichtung ihr diametral entgegengesetzt war. Als sein ältester Sohn Friedemann den Organistendienst an der Dresdener Sophienkirche angetreten hatte, mögen des Vaters

Besuche noch häufiger geworden sein. Er ließ sich dann zuweilen öffentlich als Orgelspieler hören. Der zweite Sohn, Philipp Emanuel, war seit 1740 im Dienste Friedrichs des Großen, und hatte dessen Kammermusiken am Clavier zu accompagniren. Da der König von der gewaltigen Kunst des alten Bach gehört hatte, ließ er den Wunsch merken, ihn kennen zu lernen, was der Sohn nach Leipzig berichtete. Anfänglich berücksichtigte Sebastian diese Aufforderung nicht; erst als sie dringender wurde, begab er sich im Jahre 1747 nach Potsdam. Noch am Abende seiner Ankunft ließ ihn der König zu sich rufen, nahm ihn mit der größten Auszeichnung auf und gab ihm selbst ein Fugenthema zur sofortigen Durchführung. Am folgenden Morgen spielte Bach in der Heil.-Geist-Kirche vor einem großen Auditorium auf der Orgel, und des Abends noch einmal im Schlosse, wo er eine sechsstimmige Fuge zur höchsten Bewunderung des Königs extemporirte. Das von Friedrich am ersten Abend gegebene Thema arbeitete er nach seiner Rückkehr in einer Reihe von Fugen, Canons und in einem Trio aus, ließ es in Kupfer stechen und widmete es dem König. Soviel bekannt, ist dies seine letzte Reise gewesen. Dem Greisenalter nahe, war er doch noch vollkommen rüstig, und sein letztes großes Werk, die Kunst der Fuge, zeigt keine Spur von erschlaffter Schöpferkraft. Eine zweimal verunglückte Operation der leidenden Augen gab seiner Gesundheit einen Stoß, welcher das Ende herbeiführen sollte. Er erblindete. Im Gefühl der Todesnähe dictirte er dem Schwiegersohne den Choral „Wenn wir in höchsten Nöthen sein" in die Feder. Seine letzten Töne fügte er in die Kunstform, welche sein gesammtes Schaffen als lebenspendende Macht durchdringt. Die Stadt ehrte ihn am 31. Juli 1750 durch ein feierliches Begräbniß; seine letzte Ruhestätte war nahe der Johanniskirche, jetzt ist sie verschwunden, und schon lange lärmen wieder nachlebende Generationen über den stillen Tiefen, in die man den großen Meister hinabsenkte. Seine Söhne sorgten für sich und für einander, sie hatten alle das Vaterhaus verlassen, oder verließen es jetzt. Mit drei Töchtern blieb die Wittwe zurück; an ihr hat die Stadt Leipzig ihre Pflicht nicht erfüllt, sie starb 1760 als Almosenfrau.

Gleich dem Charakter seiner Tonwerke war auch die Grundstimmung von Sebastian Bachs persönlichem Wesen eine ernste, seinen Gesichtszügen ist sogar ein Zug von Strenge eigen. Im Umgange zeigte er meistens eine ruhige Würde. Allein wie in seinen Compositionen eine mächtige Leidenschaft sich überall hindurchfühlt, die nur durch die Strenge der Form gebändigt ist, so war auch seine Natur innerlich erregt, und bei gewissen Gelegenheiten: wenn er sich in seiner Ehre gekränkt sah, auf unberechtigten Widerstand stieß, oder wenn bei musikalischen Aufführungen etwas nicht nach seinem Sinne ging, konnte er leidenschaftlich aufbrausen. Dies war auch der Grund, weshalb er größeren Schülermassen gegenüber sein Lebenlang kein guter Lehrer gewesen ist; bei einzelnen Schülern, die ihm persönlich näher standen und seine Bedeutung ahnten, werden solche Ausbrüche ungeduldiger Heftigkeit das gute Einvernehmen nicht getrübt haben. In seltener Verschwisterung mit jener tiefen Erregtheit seines Gemüthes erscheint eine große geistige Schärfe und Klarheit. Läßt sich dieselbe schon aus der Sicherheit erkennen, mit welcher er die seiner Entwickelung förderlichen Bildungsmittel nach einander ergriff, so spricht sie auch aus seinen Briefen und sonstigen Schriftstücken, welche von der Jugendzeit an bis in das reifste Mannesalter hinein vorliegen. Unter ihnen ist namentlich eine gegen die Leipziger Universität gerichtete Eingabe an den König und Kurfürsten ein Meisterstück logisch scharfer und schlagender Deduction. Aus ihnen, wie auch aus anderen Thatsachen, leuchtet zugleich eine solide Allgemeinbildung hervor, und der Vorwurf des Gegentheils, den ihm einmal jemand machte, weil er sich nicht mit der Wolfschen Philosophie beschäftigte und als praktischer Musiker keine akustischen Berechnungen liebte, ist eine Lächerlichkeit. Jene Klarheit des Geistes äußert sich auch in der Correctheit und Sauberkeit eines individuellen Stiles, von dem man nur die damaligen Weitschweifigkeiten abziehen muß, sie äußert sich bis hinein in die Züge seiner Handschrift, die, wo sie Eile nicht entstellte, so lichtvoll, reinlich und von so charakteristischer Anmuth ist, wie bei keinem anderen großen Musiker. Aber die Schärfe des Denkvermögens war ihm auch praktisch geworden in der energischen Stetigkeit, mit welcher er seine Ziele verfolgte, und die bisweilen in Hartnäckigkeit und Eigensinn ein Erbtheil seines Geschlechtes ausarten konnte, während sie im Familienleben und im Umgang mit seinen Specialschülern einer schönen Pflichttreue stärkend zur Seite trat. Bach ist der einzige von unsern musikalischen Heroen, der eine große Anzahl hervorragender Schüler gebildet hat. Er besaß neben der Ausdauer, ohne welche solche

Resultate unmöglich sind, vor allem auch die selbstlose Entsagung, sein überragendes Können im Dienste schwächerer Mitmenschen zu verwerthen. Der Vers, welchen er auf den Titel einer herrlichen Sammlung von Choralbearbeitungen schrieb: „Dem höchsten Gott allein zu Ehren, Dem Nächsten draus sich zu belehren", spricht es schlagend aus, welche Pflichten er sich durch sein Genie auferlegt fühlte. In der That sind viele seiner schönsten Clavier- und Orgelstücke zur Uebung für Schüler niedergeschrieben. Und diese suchte er sich nicht unter den Vornehmen und Reichen; bescheidene Cantoren- und Organistensöhne waren es, welche keine Empfehlung für sich besaßen als ihr Talent. Ihnen konnte der Mann, dessen Geist der erhabensten Ideen voll war, unverdrossen die Mechanik des Fingergebrauchs erklären, er konnte ihrem Ungeschick durch Niederschreiben besonderer Uebungsstücke zu Hülfe kommen, ihren Fleiß freundlich durch eigene Musterausführungen anspornen. Staunten sie dann über seine ihnen unerreichbar dünkende Höhe, so pflegte er zu sagen: „Ich habe fleißig sein müssen, wer es gleichfalls ist, wird eben so weit kommen". Daß die Natur ihn mit den wunderbarsten Gaben verschwenderisch ausgestattet hatte, daran schien er nicht zu denken. In seiner Familie war er derselbe pflichtbewußte Mann, die feste Stütze von Weib und Kindern, in deren Mitte er sich vor allem wohl und behaglich fühlte. Wie innig die Theilnahme seiner zweiten Gattin, einer tüchtigen Sängerin, an seinem Kunstschaffen war, ist uns noch durch manches Tonstück bezeugt, das er für sie aufsetzte, oder sie aus seinem Entwurfe abschrieb. Die Kinder bildete er mit großer Sorgfalt, und in einem Briefe schildert er anmuthig das Hausconcert, welches er bereits mit seiner Familie aufführen könne. Daß die Söhne studiren könnten, war ihm ein Grund, weshalb er von Cöthen nach Leipzig zog, und den 13jährigen Wilhelm Friedemann ließ er schon im December 1723 auf der Universität einschreiben, vermuthlich um dem hochbegabten Knaben mit der Matrikel ein Weihnachtsgeschenk zu machen. Nur ein weiterer Ausfluß dieser nobeln, aufopferungsfähigen Gesinnung war es, wenn er in Arnstadt einen Theil seines kärglichen Einkommens einem nothleidenden Vetter abtrat, wenn er in Cöthen die letztwilligen Bestimmungen einer verehrten Verwandten zum eignen Nachtheil gegen die habsüchtigen Machinationen ihrer Angehörigen pietätvoll und energisch zu schützen suchte. So dient alles, was wir über Bachs Charakter wissen, dazu ihn auch als sittlich hervorragenden Menschen hinzustellen. Durch sein Beispiel erfährt der Ueberzeugungssatz eine neue, nachdrückliche Bestätigung, daß der wahrhaft große Künstler nicht zugleich ein sittlich niedriger Mensch sein kann. Einheitlichkeit und Harmonie, das höchste Ziel künstlerischer Arbeit, findet sich im Wesentlichen auch in ihm selbst, mögen der Schwächen im Einzelnen noch so viele sein; wir dürfen nicht nur seine Werke, sondern auch seine Person lieben und verehren. —

Zelter sagt einmal, Sebastian Bach sei eine Welt für sich. Diesen Eindruck wird ein jeder haben, der ihn neben seine Zeitgenossen stellt: seltsam fremdartig und einsam nimmt er sich aus. Ein anderes Licht aber fällt auf ihn, wenn man ihn unter dem Gesichtspunkte der vorhergehenden Epoche betrachtet. Dann erscheint seine Kunst als eine natürliche Entwickelung früher gezeitigter Keime und bietet, ohne von ihrer überragenden Großartigkeit etwas einzubüßen, uns selber den Schlüssel zu ihrem tieferen Verständniß dar. Bach entstammte einem bereits hundert Jahre blühenden Musikergeschlechte und bezeichnet die höchste Stufe des in demselben allmählich entwickelten Talentes. Es tritt dies aber mehr in einem allgemeinen Zusammenfassen der nach den verschiedensten Richtungen hin ausstrahlenden musikalischen Potenz hervor, als darin daß er einfach in der Richtung weiter gegangen wäre, in welcher die bedeutendsten Componisten unter seinen Altvorderen ihm vorgearbeitet hatten. Ein Compositionstalent höchsten Ranges, ein unübertroffener Orgel- und Clavierspieler, ein Geiger von tiefer technischer Einsicht, besaß er zugleich eine bewundernswerthe Kenntniß des Orgelbaues, ließ schon als Jüngling in der Mühlhäuser Orgel ein neues Glockenspiel eigner Construction anbringen, erfand zu Cöthen in der Viola pomposa ein neues, zwischen Violoncell und Bratsche in der Mitte stehendes Streichinstrument, später in Leipzig ein aus Cembalo und Laute sinnreich combinirtes Tasteninstrument, ersann die erste vollständig genügende Methode ein Clavier temperirt zu stimmen und führte diejenige Mechanik des Fingersatzes ein, welche den Grund zur Entwickelung aller späteren Claviervirtuosität gelegt hat und mit einigen Modificationen heute noch gültig ist. Will man Bachs culturhistorische Bedeutung würdigen, die gleich groß ist, wie seine rein künstlerische, so muß man ihn von dieser Seite betrachten. Es hat einen tiefen Sinn, daß während im Dreißigjährigen Kriege die Volkskraft fast vollständig vernichtet war, gerade die Musik die allgemeine Verwüstung überdauerte, gleichsam der leise Puls des in der Tiefe matt fortsickernden Lebens. Schützer dieses geretteten Gutes war aber ganz vor allen das Bach'sche Geschlecht, denn während in den letzten zehn Jahren des Krieges kaum sonst ein bedeutenderer Musiker hervorgebracht worden ist, fällt die Geburt der beiden größten Vorgänger Sebastians, Johann Christoph und Johann Michael Bachs, genau in diese Zeit. Und nicht mindere Bedeutung hat es, daß gerade die kirchliche Kunst durch Vermittelung seines Geschlechtes in Sebastian Bach kaum hundert Jahre nach jener großen Leidenszeit zu solch staunenswerther Höhe emporschoß. In ihr verkörperte sich das bessere Selbst der deutschen Nation, und wieder einmal wird es einleuchtend, wie das religiöse Element im Menschen der Grund und Ursprung ist nicht nur jeder Kunst, sondern auch aller Cultur. Aber an ,die besondere Kunstform, in welcher namentlich Johann Christoph Bach ein so großer Meister wurde, an die Motette, hat Sebastian Bach nicht angeknüpft; was er in dieser Gattung schuf, ist unter ganz andern Voraussetzungen zu Stande gekommen. Seine unmittelbaren Kunstvorgänger fand er nicht unter den Männern seines Geschlechts.

Der unverfälschteste Ausdruck einer Volksseele ist das Volkslied. Von ihm haben Poesie und Musik ihren Ausgang genommen zu den höchsten Entwickelungen, in Zeiten der Erschöpfung müssen sie aus diesem Quell neues Leben trinken. Reich und erquicklich sprudelte noch der Quell im Jahrhundert der Reformation und wirkte neugestaltend auf die Musik der protestantischen Kirche ein. Dann machte der Dreißigjährige Krieg scheinbar alles Leben versiegen. Aber aus dem Schutt der Verwüstung drang der Quell in zwei Arme getheilt von neuem hervor, als Tanz und als gespielter Choral. Jene alte Zeit, wo zum Gesange der Umstehenden sich die Fröhlichen im Tanze schwangen, war längst dahin. Aber auch das frische Gemeingefühl, mit welchem in der Reformationsepoche tausende im Gesange der kirchlichen Volksmelodien ihr eigenstes Empfinden wieder erkannten, hatte Schaden genommen und war sich geworden, nicht allein durch das Kriegsunglück, auch durch den unfruchtbaren Verlauf, welchen die Reformationsbewegung später genommen hatte. Das Bestreben zeigte sich, das kirchliche Lied zum Gefäße subjectiverer Empfindungen zu machen, was sich leichter erreiche ließ, wenn der einzelne spielend, oder das Gespielte hörend, sich in die anheimelnden Tonreihen versenkte, als wenn er singend sie durch die Begriffe des Textes auf ein bestimmtes Empfindungsgebiet zusammen drängte. Der Choral wurde allmählich zum musikalischen Motiv. Hier eröffneten sich der künstlerischen Gestaltung drei Wege. Entweder man brachte den gespielten Choral in directe Verbindung mit der Orgelbegleitung zum Gemeindegesange, so zwar daß er auf diesen als auf die Hauptsache vorbereitete und hinführte. Man arbeitete dann gewöhnlich nur einige Zeilen in freier Fugirung durch, hielt das Ganze in mäßigem Umfange und gab ihm einen flüchtigeren, mehr improvisatorischen Charakter. Dies waren die wirklichen Choralvorspiele, wir besitzen ihrer eine Anzahl von Johann Christoph Bach; aber da der Schwerpunkt nicht in dem Orgelstücke selber, sondern in dem darauffolgenden Gemeindegesange lag, konnte sich diese Kunstform zu selbständiger Bedeutung nicht erheben. Oder zweitens man faßte den Choral als abgeschlossenes Musikstück auf, zerlegte ihn in seine Zeilen, arbeitete jede für sich durch gleichsam in einer auf die Orgel übertragenen Motettenform, bewegte sich nur ganz allgemein in der Stimmungssphäre der Worte, und ließ die Gesammtform durch die Verhältnisse bestimmt werden, in welchen die einzelnen Zeilen zu einander standen. Oder endlich der Choral galt auch ungesungen als Träger jener poetischen Gedankenreihen und Empfindungen, welche der zugehörige Text enthält und erweckt, auch vom Einzelnen gespielt als Stück des protestantischen Cultus und als Ausdrucksform eines Gesammtgefühles. In dieser seiner Eigenschaft machte man ihn zum Mittelpunkte eines selbständigen Tonbildes, ließ in einer Stimme die Melodie groß und feierlich dahinziehen und übertrug den andern, die durch sie erweckten subjectiven Empfindungen auszudrücken, welche das Objective umranken und ausdeuten sollten. Weil hiermit der Choral in seiner ganzen musikalischen, poetischen und kirchlichen Bedeutsamkeit der Orgelausführung allein zuertheilt wurde, kann diese Form füglich und kurz „der Orgelchoral" genannt werden.

Man hat sich seit längerer Zeit gewöhnt, im Süden Deutschlands die Lust am naiven Musiciren zu suchen, dem Norden dagegen eine reflectirende Neigung zuzuschreiben. Daß diese Scheidung nicht nothwendig im Volkscharacter begründet ist, lehrt das 17. Jahrhundert, in welchem hinsichtlich der Orgelmusik das umgekehrte

Verhältniß stattfand. Die Pflege des poetisirenden Orgelchorals ging vom Süden aus, die der motettenhaften Durcharbeitung findet sich im Norden. Der Hauptvertreter, um nicht zu sagen Erfinder des ersteren ist Johann Pachelbel, geb. 1653 zu Nürnberg, gestorben ebendaselbst 1706, die letztere erfuhr ihre Ausbildung durch die nordländische Organistenschule. Unter diesem Namen begreift sich eine Anzahl ausgezeichneter Künstler, die obgleich sie auf die Musik des 17. und theilweise des 18. Jahrhunderts einen durchgreifenden Einfluß geübt haben, unsere Zeit fast selbst dem Namen nach vergessen hat. Höchstwahrscheinlich liegen die Wurzeln dieser Schule in Holland. Als sie in Blüthe stand, war sie an der untern Elbe, in Holstein, Schleswig und einem Theile von Mecklenburg ausgebreitet. Als hervorragendste Persönlichkeiten seien nur genannt: Vincentius Lübeck in Stade, später in Hamburg, Joh. Adam Reinken in Hamburg, Nikolaus Bruhns in Husum und vor allen Dietrich Buxtehude in Lübeck. Hervorgegangen aus einer überwiegend virtuosenhaften Richtung hatten diese Meister die Vorliebe für Glanz und feine Klangmischungen als charakteristisches Merkmal beibehalten. Im spielenden Ueberwinden schwierigster technischer Aufgaben waren sie ohne gleichen, was im Süden als Probirstein höchster Virtuosität angesehen wurde, erscheint an ihren Compositionen gemessen fast wie Elementarübung, und manches in diesen ist auch durch Bachs schwierigste Werke nicht allzuweit überholt worden. Daneben aber besaßen sie einen reichen Fonds origineller, echt musikalischer Compositionsbegabung, die sich ebensosehr in der Ausgestaltung großer neuer Kunstformen, wie in der Erfindung des Einzelnen bewährte. Ganz eigenthümlich, berauschend und überschwänglich ist ihre Harmonik, und obgleich sie dem Typus des Pachelbel'schen Chorals sich fernhielten, so war ihnen doch in den freien Orgelcompositionen ein phantastischer, inniger Zug eigen, der sie oft in die nächste Nähe unseres modernen Empfindens rückt. Ihren erfindungsreichen, mannigfaltigen, oftmals zu den größten Dimensionen sich ausweitenden Fugen, Toccaten, Passacaglios und Ciaconen gegenüber sind Pachelbels freie Orgelstücke ohne ins Unbedeutende zu verfallen, von einer würdigen, stilvollen Einfachheit. Aber Pachelbels eindringende sinnige Versenkung in das Wesen der Choralmelodien brachte für diesen wieder den Vortheil mit sich, daß er die Natur einer echten Melodie tiefer begriff, als jene. Dieser Vortheil wird an der Bildung der Fugenthemen recht ersichtlich; während Pachelbel ausdrucksvolle und prägnante Gebilde als solche hinstellt, sind die Themen der Nordländer gewöhnlich nicht sprechend und wohlgestaltet genug, um für sich ein Interesse zu erwecken. Sie theilen diesen Mangel mit den katholischen Orgelmeistern Italiens und des südlichen Deutschland, welche in dem Gregorianischen Gesange einen ganz ungenügenden Ersatz für die volksmäßigen protestantischen Choralmelodien hatten, da er dem Wesen der neueren Melodik überhaupt entgegengesetzt ist. Es leuchtet nun ein, daß hier zwei Gegensätze bestanden, die einander zustrebten, die unruhige Innigkeit der Nordländer zu Pachelbels Orgelchoral, Pachelbels melodische Erfindungskraft und orgelgemäße Ruhe zu den freien Orgelcompositionen der Nordländer. Daß es Bach war, welcher diese Verschmelzung zu einer höheren Einheit vollzog, wird nunmehr zu zeigen sein.

Die andere Seite volksthümlicher Musik, der gespielte Tanz, welchen die Stadtmusikanten und Kunstpfeifer des Bach'schen Geschlechtes pflegten, wie die Organisten und Cantoren den Choral, ist für Sebastian Bach, den vollen Vertreter nationaler Kunst, ebenfalls bedeutsam geworden. Doch auch hier hat er den wesentlichsten Theil des Materials nicht unmittelbar aus der Hand seiner Vorfahren erhalten, auch hier bestimmten sie nur im Großen Fähigkeit und Richtung. Die andern Einflüsse sind weit verzweigt und gehen nicht nur von deutschen, sondern auch von französischen und italiänischen Künstlern aus, wie denn überhaupt Bach alle musikalischen Formen seiner Zeit und näheren Vorzeit in sich sammelte, um sie idealisirt und neugebildet aus seinem Genius zu entlassen. Allein der Grundton seines Schaffens ist der Orgelton, welchem sich die ganze Mannigfaltigkeit der übrigen Klänge assimiliren muß. Mit Bach dem Orgelkünstler muß beginnen, wer das Verständniß seines Wesens sucht.

In der Skizze seines Lebenslaufes dürfte kein Punkt bemerkbar geworden sein, an dem eine Beeinflussung von Pachelbels Seite her zu Tage träte. Dieselbe war auch nur eine indirecte aber darum nicht weniger starke. Der süddeutsche Meister hat einen Theil seines bewegten Lebens in Nürnberg, Wien und Stuttgart, einen sehr bedeutenden Theil aber auch in Thüringen zugebracht und eben diese Zeit ist für die geschichtliche Stellung seiner Kunst entscheidend geworden. Schon vor ihm beschäftigten sich die mitteldeutschen Organisten eifrig mit Choralbearbeitungen, ohne jedoch zu einer festen Gestaltungsmethode zu gelangen. Pachelbel trug die italiänische Formenschönheit, an der er selbst sich herangebildet hatte, in das Herz Deutschlands hinein, unter ihrem erwärmenden Sonnenlichte konnten die zahlreich dort sprießenden Keime sich fröhlich entfalten, und wiederum fand er kaum anderswo die Männer, welche mit gleich großer Begabung und Einsicht die Idee seines Orgelchorals erfassen und weiterbilden konnten, als in Thüringen und namentlich unter dem Bach'schen Geschlechte. Es ist eine von jenen Fügungen, in denen das planvolle Walten der Geschichte recht handgreiflich wird, daß Pachelbel hintereinander an zwei der Hauptsammelstellen des Bach'schen Geschlechtes Anstellung fand. In Eisenach wurde er 1677 Hoforganist, trat zu Sebastian Bachs Vater in ein vertrautes Freundschaftsverhältniß und übernahm später die Unterweisung von dessen ältestem Sohne. Im folgenden Jahre kam er nach Erfurt und hat hier 12 Jahre im Kreise der Bachs gewirkt, viele Schüler gebildet und allmählich der Orgelkunst Thüringens das Gepräge seines Geistes aufgedrückt. Als Sebastian Bach erwuchs, waren es die Pachelbel'schen Formen, welche ihm von allen Seiten her entgegentraten, er lebte sich in sie als etwas selbstverständliches hinein.

Die Nordländer haben sich augenscheinlich um die Mitteldeutschen nicht viel gekümmert, ihre schlichten Formen hatten für sie nichts imponirendes. Diese suchten wohl von Buxtehude und andern einige Stücke zu erlangen, durchschnittlich aber waren sie ihnen technisch zu schwer. So blieben beide Parteien längere Zeit ohne nähere Verbindung. Inzwischen trieb den talentreichen Thüringer Georg Böhm seine Lernbegierde nordwärts. Er weilte eine Zeit zu Hamburg in Reinkens Nähe und verwerthete dann als Organist an der Johanniskirche zu Lüneburg die dort empfangenen Eindrücke zur Hervorbringung eines Choraltypus, der sich principiell an den nordländischen anlehnt, aber durch die motivische Zerlegung der einzelnen Choralzeilen doch etwas ganz originelles erhält. Als Böhm in seiner vollsten Kraft stand, kam der 15jährige Sebastian Bach nach Lüneburg. Einige aus jener Zeit stammenden Choralbearbeitungen des letzteren, die den Arbeiten Böhms theilweise bis zum Verwechseln ähnlich sind, zeigen mit welcher Begierde Bach die neue hier gebotene Nahrung ergriff. In Folge seines eignen Bildungsganges konnte ihn Böhm in dem Wunsche, von Reinken selber zu lernen, nur bestärken, und so strömten denn während dreier Jahre die Elemente einer großen neuen Kunst in des Jünglings empfängliche Seele ein. Die in Lüneburg gesammelten Schätze trug er zurück in das heimathliche Thüringen, wo nunmehr unter dem Einflusse altgewohnter Musikverhältnisse die Verschmelzung der beiden gegensätzlichen Stilarten sich zu vollziehen begann. Als nach drei Jahren der heimgebrachte Bildungsstoff verzehrt war, wandte sich Bach noch einmal zur Quelle desselben zurück; jetzt aber, im erstarkten Gefühle eigner Leistungsfähigkeit, näherte er sich dem genialsten Vertreter der nordländischen Schule, Dietrich Buxtehude selbst. Man darf wohl nicht zweifeln, daß der greise Meister in dem Jünglinge, welcher ihm auf den eignen Wegen entgegentrat, aber in Fernen hinausdeutete, wohin sein Fuß nicht gedrungen war, denjenigen erkannte, in dessen Hände er sein Kunstvermächtniß legen könne. Die lange Zeit, welche Bach um den Preis eines vierfach überschrittenen Urlaubs bei ihm zubrachte, zeugt dafür. Nur ein Jahr nachdem Bach von ihm geschieden war, um in Arnstadt die letzten Hammerschläge an dem Hause der eignen Meisterschaft zu thun, starb Buxtehude; jetzt verblaßt der phantastische Schein jenes nordischen Lichtes schnell und schneller und ist nach wenigen Jahrzehnten ganz erloschen, der Schwerpunkt deutscher Orgelkunst ist seitdem durch Bach und seine Schüler ganz und gar nach Mitteldeutschland verlegt.

Wie mit dem Namen Mozart die Oper, mit Beethoven die Symphonie, so ist mit demjenigen Bachs die Fuge unzertrennbar verknüpft. In ihr nun die Hauptbedeutung des Meisters zu suchen, ist freilich zweifellos unrichtig, das jedoch steht fest, daß er in der Instrumentalfuge das denkbar höchste geleistet hat. Es ist diese Form in der Weise, wie sie Bach vollendete, durchaus dem Wesen der Orgel entsprungen, keine andere spiegelt die Idee dieses Instrumentes vollständiger wieder. Gehen auch die Anfänge der Orgelfuge auf die Nachahmung der fugirten Vocalmusik zurück, so hat sich dieselbe doch im Laufe des 17. Jahrhunderts zu etwas grundverschiedenem entwickelt. Zweierlei bestimmte ihr Wachsthum: eine zugleich mit der erhöhten Pflege der Instrumentalmusik eintretende neue Anschauung vom Wesen der musikalischen Harmonie, und die das Tonmaterial nach allen Seiten hin durchdringende und ausnutzende virtuose Spielfertigkeit. Man begegnet häufig der Ansicht, Bachs Vorgänger seien Contrapunctisten von schulmäßig strenger Observanz gewesen, er erst habe ihren starren Formeln warmes Leben eingehaucht. Es giebt nichts unrichtigeres als dieses; jene gaben frei ihren künstlerischen Impulsen bis zur Ungebundenheit nach, dieser brachte die zügelnde Strenge hinzu. Immer pflegt, wenn sich die Technik auf einem Instrumente bis zur allseitigen Beherrschung desselben ausgebildet hat, zunächst eine Periode einzutreten, in welcher die Freude am äußerlichen Können die Gränzen der künstlerischen Form zu überfließen droht; gewöhnlich bleibt es dann einer zweiten Periode vorbehalten, jene. technischen Errungenschaften im Dienste des Ideals bescheiden zu verwerthen. So verhielt es sich auch mit Bachs Vorgängern, nur daß die nordischen Meister — denn auf sie fällt der Löwenantheil der Entwicklung der Orgeltechnik — selber feines Kunstgefühl genug besaßen, durch das Virtuosenhafte den Organismus der Form nicht allzusehr zu beeinträchtigen. Ihre Fugen binden sich weder an eine feste Stimmenzahl, noch entsprechen die Beantwortungen des Themas immer den später allgemein gültigen Regeln. Auch lieben sie nicht eine ununterbrochene Durchführung, und schieben gern frei erfundenes Passagenwerk und effectvolle breitströmende Accordfolgen ein. Dagegen führte sie der Hang zur Entfaltung aller Seiten der Technik verbunden mit tiefer Erkenntniß des Wesens der Instrumentalmusik zu einer mehr-, oft dreitheiligen Fugenform, in welcher ein und derselbe Gedanke in melodischer und rhythmischer Umbildung verschiedene Durchführungen erlitt. Bach war es, der die üppig aufschießenden Triebe zu einer knapperen Einheit zusammendrängte, dafür aber alles that, um die Tonform innerlich noch mehr zu beleben; dies konnte auf keine bessere Weise geschehen, als wenn er den harmonischen Satz auf eine gewisse Anzahl von Stimmen streng beschränkte, diesen aber die größtmögliche Selbständigkeit der Bewegung verlieh. Die Gesetze, welche jetzt über den Bau einer Instrumentalfuge bestehen, sind keine Anwendungen alter von der Vocalmusik nur entlehnter Principien, sie sind aus dem Wesen des Orgelmaterials recht eigentlich herausgeboren, und Sebastian Bach ist ihr Vollender. Auch hinsichtlich der künstlerischen Empfindung verhalten sich Bachs Vorgänger zu ihm wie der Jüngling zum Mann. Dort ein überquellender, frühlingsseliger Gefühlsdrang, der oft in den gleichförmigen Orgelton die Biegsamkeit und das Ausdrucksvermögen der Menschenstimme hinein zu zaubern scheint; hier ein ausgeglichenes, ernst besonnenes Schaffen, das durch einen unsichtbaren Quell unergründlicher Innigkeit gespeist wird, dessen Fluth aber nur selten und unter dem Druck heftigster Affecte in den Bereich des Tageslichtes emporsprudeln läßt. Naturgemäß steht Bach in seinen früheren Werken der Empfindungsweise der Nordländer noch näher: eine Orgelphantasie, welche vielleicht gleich nach der Rückkehr von Lübeck geschrieben wurde, ist gar des Buxtehudeschen Geistes so voll, daß von Bachscher Originalität kaum noch etwas übrig bleibt. Erst in der zweiten Hälfte der weimarischen Periode erscheinen die Elemente überall bis zur Unlösbarkeit gemischt. Bis dahin suchte er auch aus andern Richtungen noch heranzuziehen, was ihm Stärkung der eignen Kraft versprach: die Beschäftigung mit dem Italiäner Legrenzi verräth eine schöne über ein Thema desselben geschriebene C moll-Fuge, und ein Werk des römischen Orgelmeisters Frescobaldi hatte er in sorgfältiger, aus dem Jahre 1714 stammender Abschrift seiner Privatbibliothek einverleibt. Durch dieses ausgebreitete Studium eignete er sich zugleich die ganze Fülle der damals in der Orgelmusik vorhandenen Formen an, nicht bloß solche, die wie die italiänische Canzone und der nordländische Fugencomplex im Bereiche der Fuge liegen, sondern auch die des Präludiums, der Toccate, und die naheverwandten des Passacaglios und der Ciacone. Aber auch in diesen Formen tritt überall das Streben nach Festigung, Ordnung und weiser Maßhaltung hervor, das den Mann vom Jüngling unterscheidet. Die phantastische Buntheit der nordländischen Toccate erfuhr mit Hülfe des Pachelbelschen Einflusses eine wesentliche Vereinfachung, in den Präludien tritt an die Stelle eines bloßen Motivs ein bestimmtes strenger durchzuführendes Thema. Dabei ist es ein Beweis von Bachs souveräner Meisterschaft, daß ihm sein Lebenlang die verschiedenen Stile ganz zu Gebote standen und er wenn sich Veranlassung bot ohne weiteres in ihnen schreiben konnte. Das Präludium zu der berühmten G moll-Fuge, einem Meisterwerke ersten Ranges, ist mit überbietender Hervorkehrung der Eigenthümlichkeiten der Nordländer ganz in deren Stile gehalten, und wahrscheinlich zum Zwecke der

Hamburger Reise componirt, welche Bach im Jahre 1720 unternahm. In der Form des Passacaglio hat er sich, soviel wir wissen, nur einmal versucht. Man versteht unter diesem Namen ein Tonstück im dreizeitigen Rhythmus, das sich über einem kurzen, unablässig wiederholten Baßthema aufbaut. Buxtehude hat hier und in der verwandten Ciacone so ausgezeichnetes geleistet, daß Bach die Unmöglichkeit einer erheblichen Steigerung einsehen mochte, in der That macht sein wunderbar großartiges Stück den Eindruck eines abschließenden letzten Wortes. Die Zahl der hinterlassenen großen Präludien und Fugen beläuft sich etwa auf fünfzehn. Im Verhältniß zu einem so langen Leben voll eifrigster Compositionsthätigkeit erscheint dies vielleicht wenig. Aber jedes dieser Werke ist ein Riesenbau, gleich den Beethovenschen Symphonien, deren wir auch nur neun besitzen, während Haydn über hundert schrieb. Hier wie dort erblicken wir Marksteine einer bestimmten Kunstentwicklung, über welche hinauszugelangen bis jetzt nicht möglich gewesen. Kunstformen werden in ihren unterscheidenden Eigenthümlichkeiten bedingt durch den Stoff, in welchem sie ausgeprägt sind. Wie in Beethovens Symphonien das Orchester, so ist in jenen Präludien und Fugen Bachs die Orgel auf die höchste Stufe künstlerischer Erscheinung gehoben. Gleich groß ist auf beiden Seiten die Belebtheit durch urwüchsige Schöpferkraft, die Erhabenheit der Conception, die Vollendung der Ausführung; gleich, soweit es die Verschiedenheit des Kunstmaterials zuläßt, sind die riesenhaften Verhältnisse, zu denen beider Meister Werke sich ausgebreitet haben. Daß Bachs Orgelcompositionen größeren Theils der weimarischen Zeit angehören, wurde schon bemerkt; die riesigsten Präludien und Fugen entstanden jedoch erst später und vereinzelt. Die letzte dieser zweisätzigen Orgelsymphonien veröffentlichte er selbst um 1739 in einem Werke, das den bescheidenen Titel führt: „Der Clavierübung dritter Theil". Hier greift er noch einmal auf die Buxtehudesche mehrtheilige Fugenform zurück, im Abendglanze des Lebens seinem großen Vorgänger bedeutungsvoll die Hand reichend.

Orgelchoräle Bachs von den beschränktesten Formen an bis zu größester Ausdehnung besitzen wir noch über hundert. Zusammenfassend und erweiternd, ordnend und vertiefend, wie im unabhängigen Orgelstück, verhält er sich seinen Vorgängern gegenüber auch hier. Die einfachste Art des Orgelchorals ist die Contrapunctirung der fortlaufenden Choralmelodie ohne Festhaltung eines bedeutsam hervortretenden musikalischen Motivs. Pachelbel trennte die Melodiezeilen durch Zwischenspiele, deren Stoff aus der jedesmal nachfolgenden Zeile genommen war, und hielt so consequent an diesem Verfahren fest, daß es eine Eigenthümlichkeit desjenigen Typus bildet, den wir mit seinem Namen benennen. Aber das contrapunctische Stimmengewebe aus einem Motiv herauszuspinnen ist auch ihm noch kein Grundsatz geworden. Bach that diesen zur Vollendung der Form nothwendigen letzten Schritt: er erfand in dem Empfindungsgebiete der jedesmaligen Melodie ausdruckstiefe musikalische Motive, durch deren kunstreiche Verzweigung der Choral unmerklich getragen wurde. Aber wie jede ganz ausgereifte Form schon wieder den Keim einer neuen enthält und zu dieser hinüberdrängt, so auch hier. Je höher der Flug war, den die Phantasie des Künstlers nahm, je weiter sein Gesichtskreis wurde, desto größer und sprechender wurden auch die Motive. Sie erstarkten endlich zu wirklichen Themen, aus deren kunstgerechter Durchführung ein reichgewobenes selbständiges Tonstück hervorging, das die einfache Choralmelodie zu erdrücken drohte, auch wenn man sich ihrer hohen symbolischen Bedeutung bewußt bleiben wollte. Reichere Mittel machten sich nöthig um ihr die gebührende Geltung im Organismus des Ganzen zu wahren, der poesiegetragenen Tendenz des Orgelchorals zufolge konnten diese nur aus den Rüstkammern der Vocalmusik geholt werden. Und noch nach einer anderen Richtung zog Bach aus den Intentionen Pachelbels die letzte Consequenz, indem er die durch den Text des Kirchenliedes erzeugten Vorstellungen in der Gestalt der contrapunctirenden Motive widerspiegelte. So rauschen, wenn er die Melodie des Weihnachtsliedes „Vom Himmel kam der Engel Schaar" erklingen läßt, die unteren Stimmen unablässig nieder- und aufwärts, einige freudig erregt, andere langsam und majestätisch, wie wenn man in den Himmelsraum emporsähe, den hin und wieder schwebende Engelheere erfüllen. Oder wir hören die Melodie „Ach wie nichtig, ach wie flüchtig ist der Menschen Leben", und unheimlich bewegt, wie flüchtige Schatten gegen einander, mit einander, sich durchkreuzend huschen die begleitenden Stimmen vorüber. Ist schon überhaupt der Orgelchoral nicht voll verständlich ohne Kenntniß des Liedes, das zu der gespielten Melodie gehört, ohne daß also ein jeder persönlich etwas hinzubringt, was außerhalb des künstlerisch Gestalteten steht, so werden hier nun die Bezüge auf den Text so eng und stark, daß das Tongebild nur durch die bewunderungswürdige Kunst der compositorischen Ausführung nicht ganz aus dem Gleichgewicht gebracht wird. Die Bachschen Orgelchoräle sind eines der köstlichsten Geschenke, welche je ein Künstler der Welt gemacht hat, unermeßlich ist der Reichthum musikalischer Erfindung, tief wie das Meer die poetische Auffassung, von nie genug zu bewundernder Kunst endlich die technische Gestaltung. Aber eben daß sie nicht rein musikalische, sondern poetisch-musikalische Kunstwerke sind, das erschwert jetzt ihr allgemeineres Verständniß, und hat sie wohl von jeher auch nur der innigen Hingabe weniger ganz erschlossen. Darin war freilich eine frühere Zeit ihnen gegenüber im Vortheile, daß nicht nur die Melodien welche ihren Kern bilden, sondern auch deren Texte und ihre Beziehungen zum protestantischen Cultus den meisten bekannt waren, daß daher ein solches Tonstück bei den meisten schon ein festbegrenztes Stimmungsgebiet vorfand, auf dessen Hintergrunde es in allen seinen Theilen deutlicher und wirksamer hervortrat. Ist nun gleich die ästhetische Forderung nicht zu bestreiten, daß der Künstler auf solche subjective Vorempfindungen nicht rechnen darf, sondern was er sagen will, nur mit den Mitteln seiner Kunst sagen soll, so muß man doch gestehen, daß sich diese Forderung vollständig nur um den Preis eines akademisch-kühlen Kunstthums befriedigen läßt, mit dem niemandem gedient ist. Je enger die Kunst sich mit dem Leben verbindet, desto größer ihre Wirkungen, desto echter die Thätigkeit der Künstler selbst. Dann liegt aber jedesmal die Voraussetzung gewisser Verhältnisse nahe, die zur Zeit allgemein bekannt und anerkannt sind, doppelt nahe, wenn diese Verhältnisse eine der bedeutsamsten Vereinigungen im menschlichen Leben angehen, wie die Kirche eine solche ist. Bach stand durch Herkunft und eigene Neigung zu der protestantischen Kirche in einer sehr innigen Beziehung; in gewissem Sinne war seine ganze Lebensanschauung durch sie bestimmt. Aus ihrem Bereiche sich die Stützen für seine Kunstwerke zu holen, fand er so wenig Bedenken, wie andere die zur Aufnahme eines Kunstwerks überhaupt nothwendigen Sinnesorgane voraussetzen. Was sie ihm von Außen hereinbrachte und was er in schöpferischer Phantasie selbst schaute, war ihm eins geworden. Aber auch nur zu der Kirche stand er so; im übrigen verschmähte er für seine Instrumentalwerke jede bestimmte poetische Grundlage; wenigstens als Meister. In seiner Jugendzeit machten Johann Kuhnaus biblische Historien Aufsehen, Clavierstücke unter dem Titel von Sonaten, in welchen biblische Erzählungen musikalisch begleitet, illustrirt und nachgeahmt wurden. Hierdurch verleitet, componirte der 19jährige Jüngling außer einer ähnlich angelegten Sonate ein Capriccio auf seinen abreisenden Bruder Jakob, das in kleinen Tonstückchen hintereinander darstellt: die Schmeicheleien der Freunde, um ihn von seiner Reise zurückzuhalten, die Vorstellung der Unglücksfälle, welche ihm in der Fremde zustoßen könnten, ein allgemeines Wehklagen der Freunde, den Abschied, ein Postillonslied, und eine Fuge über eine Posthornfanfare. Später ist er nie wieder auf solche Experimente zurückgekommen. Indessen gilt in der Entwicklung aller Kunstzweige als Gesetz das Streben nach größtmöglicher Allgemeinverständlichkeit des Ausdrucks. Ihm hat auch Bach gehorcht. Nachdem in seinem Orgelchoral die poetischen Ideen zu der vorhin geschilderten Macht angewachsen waren, ohne durch das Kunstwerk selbst ihren Ausdruck zu finden, war der Zutritt der menschlichen Stimme, in der allein die Natur Wort und Ton zu einem unzertrennbaren Ganzen vereinigt hat, eine organische Nothwendigkeit. Es gehört dieser Vorgang zu den interessantesten Erscheinungen, die es in der Kunstgeschichte giebt, und Bach ist der einzige große Musiker, innerhalb dessen eigner Entwicklung sich der Uebertritt aus dem instrumentalen in das vocale Gebiet, das Aufsteigen aus der Dämmerregion des musikalischen Gefühls in das helle Tageslicht poetischer Begriffe gleichsam vor unseren Augen vollständig vollzieht. Wir sind damit in den Bereich der Kirchenmusik in engerem Sinne, die ohne Gesang nicht gedacht werden kann, hinübergeführt.

Im Laufe des 17. Jahrhunderts war in der kirchlichen Vocalmusik eine Reihe von Formen entstanden, die man am Ende desselben zu größeren Tonwerken zusammenzufassen begann. Die wesentlichsten derselben sind: die ein- und mehrstimmige sogenannte geistliche Arie, d. h. ein Strophenlied religiös-empfindsamen Charakters mit Instrumentalbegleitung, Vor- und Nachspielen. Ferner ein zwischen Arie und Recitativ die Mitte haltender ariöser Sologesang ohne festes Gestaltungsprincip. Dann der mehrstimmige Chorgesang mit ausschmückender und concertirender Instrumentalbegleitung und einige aus dem Choral mit unsicherer Hand entwickelte Gebilde. Dazwischen traten kurze Instrumentalsätze, und das stetige wesentliche Mitwirken der Instrumente unterscheidet diese Kirchenmusik überhaupt von derjenigen, die im 16. Jahrhundert durch Palestrina, Orlando Lasso, Haßler zur höchsten Blüthe kam. Die Textgrundlage bildeten in bunter Zusammenstellung Bibelsprüche, Kirchengesänge und Lieder in den metrischen Formen jener, zuweilen auch bekannte Kirchengesänge oder religiöse Strophenlieder allein. Die musikalischen Formen sind sämmtlich klein und kurzathmig, die Kunst des vielstimmigen Satzes sehr gering, die großartige polyphone Technik der alten Meister war den Deutschen jener Zeit ganz verloren gegangen. Dagegen behielt diese ältere Kirchencantate — so kann man sie im Gegensatze zu einer späteren Cantatenart nennen — eine weiche, manchmal zu warmer Innigkeit gesteigerte Empfindsamkeit; will man auf diesem Gebiete nach einem Gegenbilde des damals sich entfaltenden Spenerschen Pietismus suchen, so ist sie es, die dasselbe gewährt.

Auch Bach hat in den ersten Jahren seiner Meisterschaft sich noch zu der älteren Kirchencantate bequemt. Aber von Anfang an war er beflissen, jenen kümmerlichen Gestalten durch die reichen Mittel seiner Orgelmusik neues Leben zuzuführen. Die verschiedenartigsten auf diesem fleißig bebauten Boden gezogenen Kunstformen, die einfache Fuge, die mehrtheilige Buxtehudesche Fuge, die Ciacone, die mannigfaltigen Gattungen des Orgelchorals überträgt er ohne weiteres auf die Vocalmusik. Das lockere Gefüge der Cantate dehnt sich nach allen Seiten, sie wächst nach außen, belebt sich nach innen, es ist dem Betrachtenden, als sei über Nacht in ein halb versandetes Strombett eine neue klare, überall hin frisches Leben spendende Wasserfluth geleitet. Die Gestaltungskraft, welche Bach in diesen frühen Werken beweist, zu denen auch die bekannte Cantate „Gottes Zeit ist die allerbeste Zeit" gehört, ist staunenerregend; nirgends auch nur eine Spur von bequemem Wandeln in ausgetretenen Geleisen, selbst in unwichtigen Nebendingen giebt er vom Eigensten und Besten. Gewiß würde er es vermocht haben, auch auf diesem Wege zu seinem Ideal der Kirchenmusik vorzudringen. Es gab aber noch einen sicherern und leichteren, und der Genius wählt wie die Natur zur Erreichung seiner Ziele stets die einfachsten und zweckmäßigsten Mittel.

Nach dem Dreißigjährigen Kriege war in Deutschland die Oper, welche um 1600 in Italien ihre ersten Keime trieb, an Höfen und in Städten rasch beliebt geworden. Sie bot, ohne an sich den Kunstgeschmack eben sehr zu veredeln, doch eine Anzahl von musikalischen und poetischen Ausdrucksformen dar, wie sie nur das Geschick der Italiäner so brauchbar erfinden konnte. Die musikalischen bestanden im Recitativ und der Arie. Das Recitativ, ein frei rhythmisirtes Sprechen in fixirten Tonhöhen, diente nicht nur dazu, die Handlung des Dramas rascher zu fördern und ihren Zusammenhang verständlich zu machen, sondern bildete durch seine Ungebundenheit auch eine angemessene Vorbereitung auf die festgefügte Arie, und vermochte aus eben diesem Grunde ein vortreffliches Ausdrucksmittel ungebändigter Leidenschaft zu werden. Die zweite der beiden Formen, zum Unterschiede von der deutschen geistlichen Arie wohl die italiänische Arie genannt, so lange bis sie jene ganz verdrängte, war ein dreitheiliges Musikstück, dessen erster Abschnitt als dritter mit geringerer oder größerer Veränderung wiederkehrte und deshalb zur dialektischen Erschöpfung einer bestimmten Empfindung in ausgezeichneter Weise geeignet. Die poetischen Ausdrucksformen beruhten auf einer italiänischen Dichtungsgattung, welche von ihrem schäferlichen Ursprunge die madrigalische genannt wurde. Dem Inhalte nach war diese eine epigrammatische, die den Grundgedanken nur kurz, aber bestimmt andeutete. In ihrem Versbau beanspruchte sie die größte Freiheit: sowohl für die Anzahl, als für die Länge der Zeilen, für die Reimverschränkung nicht weniger als für die Wahl des Versmaßes duldete sie nur ganz allgemeine Gesetze. Beides aber ist für die musikalische Behandlung überaus günstig, ja wenn sich die Musik irgendwie breiter entfalten soll, das allein richtige. Den ersten Versuch einer Nachahmung des Madrigals im Deutschen machte im Jahre 1653 ein Leipziger Gelehrter, Caspar Ziegler; selbstverständlich befleißigte man sich auch in deutschen Operndichtungen der madrigalischen Formen.

Daß die dramatische Musik überall den reichen Anklang fand, hat zum großen Theile seinen Grund in dem Streben, die einzelne Persönlichkeit zur Geltung zu bringen, ein Streben, das die gesammte neue Zeit beherrscht und in der Musik, der subjectivsten Kunst, naturgemäß nicht am wenigsten hervortrat. Es wird deshalb nicht Wunder nehmen, daß die opernhaften Weisen endlich auch in die Kirchenmusik einzudringen suchten. Natürlich nicht, ohne den heftigsten Widerstand zu erfahren. Wie stark aber jene individualisirende Zeitströmung war, zeigt klarer, als alles andere es vermöchte, die auffallende Thatsache, daß der erste entscheidende Schritt zur Einbürgerung der Opernformen in der Kirche von einem Theologen gethan wurde, der zu den berühmtesten Kanzelrednern und fruchtbarsten Liederdichtern seiner Zeit, zu den unerschrockensten und gescheidtesten Vorkämpfern der Orthodoxen gegen den Pietismus gehörte. Es ist Erdmann Neumeister, geboren 1671 in Uechtritz bei Weißenfels, von 1715—1756 Hauptpastor an der Jacobikirche zu Hamburg. Er beschäftigte sich schon frühzeitig mit Poesie; musikkundig war er nicht, die Anregung zu seinem epochemachenden Unternehmen erhielt er durch den herzoglichen Hof zu Weißenfels, wo unter dem talentvollen Capellmeister Johann Philipp Krieger die Oper eifrig gepflegt wurde. Den ersten Jahrgang von Kirchen-Cantaten in opernhafter Form dichtete Neumeister im Jahre 1700, ihm folgten in den Jahren 1708, 1711 und 1714 noch drei andere Jahrgänge, die im Jahre 1716 mit einem fünften zu einem Bande vereinigt und unter dem Titel: "Herrn Erdmann Neumeisters fünffache Kirchen-Andachten" in Leipzig herausgegeben wurden.

Der Erfolg dieses Werkes war eine Art von Kunst-Revolution. Mit Leidenschaft stürzten sich die Componisten über die Neumeisterschen Texte, unabsehbar war bald die Schaar seiner Nachahmer, aber groß auch die Zahl erbitterter Gegner. Unter ihnen standen natürlich die Pietisten oben an, doch deren Urtheil wog nicht schwer, da sie in ihrem weltabgewendeten Wesen alle Kunst nur wenig achteten, und Neumeister wußte sie in seiner Weise abzufertigen. Mißlicher war es, sich der Vorwürfe der Musiker vom alten Schlage und der ernst denkenden Dilettanten und Laien zu erwehren, wenn sie die Einführung der Opernformen in die Kirche als eine Entweihung der heiligen Stätte und eine sündhafte Verweltlichung des Cultus kennzeichneten. Man verschanzte sich nun hinter die Bibel und suchte aus den Psalmen, dem Danklied Mirjams, aus verschiedenen Erzählungen der historischen Bücher des alten Testaments zu beweisen, daß eine sinnlich anregendere Musik in künstlicher Form Gott nicht mißfällig sei. Dem Recitativ wurde der ebenfalls freibewegte Gregorianische Altargesang gegenübergestellt, die Anklänge an Opernweisen durch den Hinweis auf Kirchenlieder entschuldigt, deren

Melodien ursprünglich weltliche gewesen seien. Schließlich geschehe alles zur Ehre Gottes, und wenn nur die Andacht überhaupt erweckt werde, so sei es endlich gleichgültig, durch welche Mittel. Mit Recht aber wiesen die Gegner darauf hin, daß jene Formen mit der Kirche gar nichts gemein hätten, daß ihnen die Erinnerung an Weltfreude und Schaubühne unablöslich anhafte, nimmermehr könnten sie deshalb zur Beförderung der Andacht dienen und der hochgepriesene vermeintliche Fortschritt sei ein Zeichen bedenklichsten Verfalls der Kirchenmusik.

Kirchenmusik — diesen Begriff zu definiren müßte man sich unaufhörlich und bei der gewöhnlichen Kurzsichtigkeit leidenschaftlicher Kämpfer dennoch vergeblich ab. Uns sollte es billigerweise leichter fallen, und dennoch ist die Frage auch heute noch keine allgemein entschiedene. Sie würde es sofort sein, wenn man sich entschlösse, den Begriff nicht mehr von der äußern Bestimmung der betreffenden Tonwerke abhängig zu machen, sondern von dem Einfluß, den die Kirche im allgemeinen auf die Entwicklung der Musik ausgeübt hat. Wer das erstere thut, muß consequenterweise alle Musik, die zu etwas Kirchlichem in irgend eine Beziehung tritt, mit diesem Namen belegen; dann gehören Rossinis Stabat mater und das Requiem von Verdi mit Palestrinas Motetten und Orlandos Bußpsalmen in eine Kategorie. Fassen wir dagegen den Begriff als einen geschichtlichen, so ist nur diejenige eine wirkliche Kirchenmusik, die nach ihrer Entstehung und Entwicklung allein oder doch überwiegend der Kirche angehört. Eine solche Kunst ist die polyphone Vocalmusik des 16. Jahrhunderts, als deren höchsten Vertreter man Palestrina zu nennen pflegt. Ihre Heimath ist zum größesten Theile die katholische Kirche. Das Gegenstück entwickelte sich im 17. Jahrhundert vorzugsweise auf protestantischem Boden in der Orgelmusik. Sie allein ist aus Keimen erwachsen, welche nur im Schooße der Kirche lagen und spiegelt deshalb auch in ihrer feierlichen Erhabenheit, vor der alle subjective Leidenschaft und Empfindsamkeit sich beugen muß, das Wesen der Kirche auf das treuste zurück. Allerdings kann eine rein instrumentale Kunst den Forderungen der Kirchenmusik nicht vollständig genügen, in der es gilt, gemeinsame Glaubensgrundsätze in künstlerische Formen zu fassen. Instinctiv neigte sich deshalb die Orgelkunst der Protestanten mit so großer Entschiedenheit der Choralbearbeitung zu, welche auf ihrer höchsten Entwicklungsstufe wieder in die Gesangsmusik zurückführte.

Daß zwischen jenen beiden streitenden Parteien, welche die Bedeutung der Orgelmusik nicht erkannten, eine Vergleichung unmöglich war, ist erklärlich, da jede in ihrer Weise Recht hatte. Auch die Neuerer durften in dem großen Erfolge ein Zeichen sehen, daß sie ihrer Mitwelt ins Herz getroffen hatten, und die Kirche ist nichts absolut fertiges, das keinen historischen Wandlungen unterworfen wäre. Bach blieb, soviel wir wissen, von dem Streite ganz unberührt. Er erkannte aber die hohe künstlerische Verwerthbarkeit der italiänischen Opernformen und die Berechtigung derselben für seine Zeit. Dieser Erkenntniß folgte eine seiner genialsten Thaten, die Verschmelzung jener Formen mit der Orgelkunst. Er hat dadurch aus anderm Stamme als im 16. Jahrhundert eine zweite herrlichste Blüthe der Kirchenmusik hervorsprießen lassen. Eine Blüthezeit vermochte er allein nicht zu schaffen, und er blieb mit seiner That allein. Alle die andern zum Theil hochbegabten Zeitgenossen ließen sich an einer einfachen Uebertragung der Opernformen in die Kirche genügen, keiner durchdrang und erfüllte sie, wie Bach, mit neuem, von dorther genommenem Inhalte. Aber auch nicht eines ihrer Werke hat seine Zeit überdauert, und vermochte sie zu überdauern; sie sind todt, während Bachs Cantaten, nur einmal aus dem Schlummer der Vergessenheit erweckt, in ungeschwächter Frische und Lebenskraft wirken. Bach schuf eine neue protestantische Kirchenmusik, er schuf auch bis jetzt die letzte. Nach ihm sind wohl noch viele und schöne religiöse Compositionen entstanden, einen selbständigen Kunstzweig hervorzubringen hat aber die protestantische Kirche seither nicht die Kraft besessen, eine Thatsache, die in mehrfacher Beziehung zu denken giebt.

Wenn jemand es sich zur Lebensaufgabe macht, die Empfindungen von Menschen gleicher religiöser Gesinnung durch seine Kunst zu idealisiren, so scheint die Frage, wie er selbst sich zu deren religiösen Grundsätzen verhalte, überflüssig. Sie ist es bei Bach aber doch nicht ganz, da er in einer Zeit kirchlicher Spaltung lebte und seine Musik einen Zug zu enthalten schien, der nach der Seite der Pietisten hinüberdeutete. Bekannt ist und auch mehrfach schon berührt, daß sich damals Orthodoxie und Pietismus angreifend und vertheidigend gegenüber standen. Als Bach in Mühlhausen Organist war, sah er aus nächster Nähe einem solchen Streite zu, der zwischen seinem Superintendenten Dr. Frohne und dem orthodoxen Pastor an der Marienkirche Dr. Eilmar entbrannt war, und von Seite des letzteren mit großer Heftigkeit in nicht immer würdiger Weise geführt wurde. Hier nahm er in demonstrativer Art für Eilmar Partei und hat damit ein vollwichtiges Zeugniß seiner Abgeneigtheit gegen den Pietismus gegeben. Alles was von Bachs pietistischer Gesinnung und seiner Theilnahme an den Bestrebungen jener Männer vermuthet worden ist, sinkt vor dieser Thatsache dahin, obwohl es derselben nicht hätte bedürfen sollen, um zu der Ueberzeugung zu führen, daß ein musikalisches Genie ersten Ranges nicht einer Richtung zugethan sein kann, deren Anhänger die Kunst höchstens als etwas unschädliches in der Ordnung ihres Lebens dulden, und auch da nur in kümmerlicher Beschränkung. Andrerseits war aber Bach auch keinesfalls ein fanatischer Parteigänger der Orthodoxen. Er fand Genüge in dem altlutherischen Glauben seiner Vorfahren, welchen er mit ihren musikalischen Traditionen ererbt hatte. Daß ihm dieser kein todter war, beweist seine auf denselben gegründete Musik. Wenn deren Innigkeit und Tiefsinn zuweilen Verwandtschaft mit der pietistischen Empfindungsweise zeigt, so beweist das nur, daß beide aus dem gleichen religiösen Grunde des deutschen Gemüthes nach verschiedenen Richtungen hin emporwuchsen. Viel erheblicher aber, als die Uebereinstimmungen, sind die Verschiedenheiten: die zum Kleinlichen neigende Empfindsamkeit der Pietisten, die großartige männliche Objectivität Bachs, bei jenen die Abwendung vom Ganzen, die Verneinung des geschichtlich Gewordenen, bei diesem derbe Thatfreudigkeit und freisinniges Umfassen aller Factoren, welche seine Zeit ihm darbot. Bachs Kunst stand zu hoch, um von kirchlichen Streitigkeiten berührt zu werden.

Die Bach'sche Cantate, im Gegensatze sowohl zu der opernhaften Kirchencantate seiner Zeitgenossen als auch zu der älteren Kirchencantate, über die zuvor geredet wurde, vereinigt in sich die italiänischen Formen des Recitativs und der Arie mit allen denen, welche die Orgelmusik auf ihrem Gebiete vorbereitet hatte, und nimmt nicht selten auch noch als Vorspiele Formen ausländischer Instrumentalmusik in sich hinein, die aber alle zuvor ihren Weg durch das Orgelmedium genommen haben. Dadurch wird eine vollständige Einheit des Stiles hergestellt, dessen Eigenthümlichkeit eine erhabene Ruhe ist, welche über einer gebändigten Welt bunt gekreuzter Strebungen und mächtiger Leidenschaften thront. Das bis zur Willkür freie und den subjectivsten Gefühlsäußerungen willig dienende Recitativ wird zu melodischem Flusse beruhigt, der die scharfen Spitzen der Affecte abrundet und den persönlichen Ausdruck sich zu mäßigen zwingt. In den Arien hindert die in selbständigen Melodien geführte Begleitung die Singstimme, sich als Einzelorgan hervorzudrängen; sie ist nur die erste unter ihres gleichen, die dasjenige in Worte faßt, was Alle als unabhängige Meinung hegen. Wie hier das eigenwillige Gefühl sich beugen muß vor einer höheren Idee, so erhalten dagegen die von der Orgelmusik hergenommenen vielstimmigen Formen durch ihre Besetzung mit ausdrucksfähigeren Singstimmen ein individuelleres Leben und machen dadurch mehr noch die Wirkung großartig reicher Bewegtheit, werden aber vermöge der äußersten Strenge und Gesetzmäßigkeit und der gleichmäßigsten Berücksichtigung aller Stimmen immer doch nur als ein Ganzes und Allgemeines empfunden. Es geht hieraus aber auch hervor, daß bei diesen Cantaten die Mitwirkung der Orgel, deren Klang sie theils geschaffen, theils neu belebt hat, schlechterdings unentbehrlich ist. Ohne sie kann solche Musik nur ein künstlich erregtes Scheinleben führen. Daß Bach selber durchgängige Orgelbegleitung gefordert hat, dafür bringen, wenn es dessen überhaupt noch bedarf, seine Manuscripte den Beweis. Die Orgel tritt aber selten anders, denn als Grundlage auf, durch welche die andern Instrumente und die Singstimmen gestützt und zu einem Ganzen vereinigt werden.

Die ersten Cantaten in der neuen Form hat Bach um 1712 in Weimar componirt. Neumeister hatte im Jahre 1711 und 1714 zwei Jahrgänge von Texten für den herzoglichen Hof von Sachsen-Eisenach gedichtet. Dorther nahm Bach die Dichtungen, die wenn man nicht mehr von ihnen verlangt, als sie leisten sollen, größtentheils vortrefflich genannt werden können. Zwei Jahre später ist sein Cantatenstil schon so vollständig ausgebildet, daß für die noch folgenden 36 Jahre rastlosen Schaffens nach dieser Seite hin nichts mehr zu thun blieb. Rechnet man dazu, daß er für manche Formen in seinen Kirchencantaten nach älterem Muster schon vorgearbeitet hatte, so schuf er in einer Gesammtzeit von höchstens sechs

Jahren eine große Kunstform, an der bis in das kleinste Theilchen hinein alles neu ist, und die sich für hunderte von Werken, deren keines dem andern gleicht, als hinreichend dehnbar erwies. Wer erwägt, daß zur Vollendung solcher Bildungsprocesse sonst Generationen zu gehören pflegen, der wird hier eine Leistung genialer Kraft erkennen, die in der Musikgeschichte ohne gleichen ist. Bach hinterließ nach seinem Tode fünf Jahrgänge von Kirchenstücken auf alle Sonn- und Festtage, was nach den Leipziger Verhältnissen berechnet eine Summe von 295 Cantaten ergiebt. Von seinen Textdichtern ist außer Neumeister besonders noch Salomo Franck, Consistorialsecretär in Weimar und Dichter innig empfundener Kirchenlieder, zu nennen, sodann für Leipzig Christian Friedrich Henrici, ein fruchtbarer Gelegenheitspoet. Daß sich unter so vielen Texten manche schwache und geschmacklose finden, darf nicht auffallen; irrig wäre es deshalb die betreffenden Cantaten für unaufführbar zu halten. Der Tonstrom, welcher sich über die Worte ergießt, ist so gewaltig, daß er einzelne Unschönheiten unbemerkt mit sich fortführt, und dann sind es doch immer die ehrwürdigen, zuweilen wohl knorrigen, aber stets kernhaften und innigen Kirchenlieder, welche einen Haupttheil und meistens den Mittelpunkt der Cantate bilden. Je älter Bach wurde, desto mehr erkannte er auch für die Kirchencantate in dem Choral die höchste musikalische Macht. Schon am Anfange seiner Leipziger Jahre schuf er eine Cantate, der er das gesammte Lutherische Osterlied „Christ lag in Todesbanden" zu Grunde legte, indem er für die einzelnen Strophen desselben die Melodie immer in verschiedener Weise mit den verschiedensten Mitteln bearbeitete. In seiner letzten ungefähr von 1734 zu rechnenden Lebensperiode zog er sich immer entschiedener auf eine Cantatenform zurück, in welcher Anfang und Ende durch zwei Strophen desselben Chorals gebildet wurden: die erstere diente zur Ausführung eines großen, selbständig begleiteten Chorbildes, die letztere pflegte durch ihren schlichten vierstimmigen Satz das kirchliche Wesen des Chorals mit abschließendem Nachdruck hervorzuheben.

Nur als ein Nebenzweig der Cantate sind die Motetten Bachs anzusehen. Ausgezeichnetes hatte in dieser Gattung, deren Eigenthümlichkeit der unbegleitete, über einen Bibelspruch oder die Strophe eines Kirchenliedes gesetzte mehrstimmige Gesang ist, Johann Christoph Bach in Eisenach geschaffen. Derselbe lehnte sich, wenngleich mit großer Freiheit, immer noch an die vocale Technik der Meister des 16. Jahrhunderts. Hier anzuknüpfen widersprach dem Entwicklungsgange Sebastians, der durchaus von der Instrumentalmusik begann. Auch seine Motetten sind aus der Orgelmusik herausgeboren. Es ist zweifelhaft, ob er sie ohne stützende Begleitung hat singen lassen, was damals und auch früher schon viel weniger gebräuchlich war, als man gewöhnlich denkt, und was auch die großen Schwierigkeiten der Bach'schen Motetten verbieten mochten, für deren Ueberwindung die menschliche Stimme nicht immer ausreichen will. Es sind Werke, die bei weniger gelungener Ausführung Gefahr laufen stilwidrig zu erscheinen, bei virtuosenhaft vollendeter freilich von ergreifender Wirkung sind.

Diese Motetten waren es, welche Mozart, als er im Jahre 1789 durch Leipzig kam, sich von dem Cantor Doles zeigen ließ, und mit Staunen und Begeisterung nach den geschriebenen Stimmen durchstudirte. Sie wurden damals und auch später noch in Leipzig und auch an andern Orten Sachsens zuweilen gesungen. Schlimmeres erfuhren die Cantaten; sie vergaß man ganz und nur als Orgel- und Claviercomponist lebte Bach im kleinen Kreise weiter. Einzig wie das Schaffen dieses Mannes ist auch das Schicksal seiner Werke gewesen. Daß das deutsche Volk den größeren und bedeutungstieferen Theil der Compositionen eines seiner größten Künstler bald nach seinem Tode für mehr als ein halbes Jahrhundert völlig aus den Augen verlor, dessen hat es sich glücklicher Weise nicht zum zweiten Male anzuklagen. Wir, denen allen nach mehr als hundert Jahren endlich diese Werke zugänglich werden, stehen vor den Schätzen, welche sie erschließen, wie bestürzt über unsern eignen Reichthum. Manche hindert ein unheimlich fremdartiger Schimmer, sofort zuzugreifen. Wer aber herzhaft näher tritt, der erfährt, daß das Licht, welches von ihnen ausgeht, kein trügerisches ist; es ist der reine Goldglanz echter Kunst, die im kostbaren Gefäße dasjenige umgiebt, was einst dem deutschen Volke das Höchste und Theuerste war. Dies kann auch für das jetzige Geschlecht nicht werthlos sein. Mag sich der religiöse Gehalt unserer Zeit mit jenen kirchlichen Formen nicht mehr decken, so gänzlich entwachsen ist er ihnen nicht, daß was Bach in ihrem Gebiete geschaffen uns unverständlich bleiben müßte. Denn das ist gerade ein Vorzug der Musik, daß sie unabhängiger von Aeußerlichkeiten dasteht, als die andern Künste und weit mehr nur den innersten Lebensgehalt jeder Erscheinung formt und idealisirt. Und noch sind, wenn auch in kleinerem Kreise, jene herrlichen Melodien lebendig, in denen unser Volk in einer begeisterungs- und empfindungsreichen Zeit seine Seele ausströmte, und die Bachs Künstlerschaft zu brausenden Hymnen der Freude und des Dankes, zu den erschütterndsten Liedern der Trauer und des Schmerzes wiedergebar. Bei der immer klarer werdenden Erkenntniß, was Bach als deutscher Künstler bedeutet, ist es ein schöner und trostreicher Gedanke, daß es uns vergönnt sein könnte gut zu machen, was frühere Generationen an dem großen Meister versäumt haben. —

Im 11. Jahrhundert, und gewiß auch früher schon, war es Sitte geworden, die kirchliche Feier der Christusfeste durch sinnenfällige Darstellungen auszuzeichnen und dadurch die Bedeutung dieser Feste dem Verständniß des Volkes näher zu bringen. Man suchte die Vorgänge aus dem Leben Christi, auf welche sich die jedesmalige Feier bezog, in lebendigen Bildern vorzuführen. Zu diesem Zwecke wurde der betreffende lateinische Evangelientext in ganz äußerlicher Weise dramatisirt, ein Geistlicher recitirte im Gregorianischen Choralton die Erzählung, wo jemand redend eingeführt wurde, übernahm ein anderer dessen Worte, die Hirten in der Christnacht, das Volk, die Jünger Christi wurden durch einen Sängerchor dargestellt. Ein scenischer Apparat in primitivster Form, entsprechende Costümirung und Bewegungen halfen den Eindruck vervollständigen, der Schauplatz war in der Kirche selbst vor dem Altare, und das Ganze von Anfang an mit dem Gottesdienste auf das engste verbunden. Hieraus entwickelten sich die geistlichen Schauspiele des Mittelalters, welche im 13. Jahrhundert aus den Händen der Geistlichen in die der Laien, aus den Kirchen allmählich auf weltliche Schaubühnen übergingen und mit dem 14. Jahrhundert auch ganz in deutscher Sprache abgefaßt wurden. Jene kirchlichen Vorstellungen aber blieben neben ihnen als etwas selbständiges bestehen, und bewahrten gegenüber den grotesken Ausartungen des geistlichen Schauspiels streng ihren liturgischen Charakter. Die scenischen Vorgänge kamen allgemach in Wegfall, und daß auch alles was ihnen von scheinbarer Dramatisirung anhaftete, nur darauf berechnet war, ihren kirchlichen Inhalt eindringlicher und ergreifender zu machen, zeigt recht deutlich die Art, wie die hochentwickelte Kunst des 16. Jahrhunderts diese Form auffaßte. Mehrfach findet sich der Text der Leidensgeschichte so componirt, daß die Erzählung des Evangelisten von einer Stimme psalmodirend vorgetragen wird, die Reden aber der einzelnen Personen vier- und dreistimmig gesetzt sind, um sie nur musikalisch hervortreten zu lassen. Aus der katholischen Kirche gelangten mit der Reformation diese Aufführungen unverändert auch in die protestantische hinüber und waren, namentlich auf Grund der Passionsgeschichte, in Sachsen und Thüringen ganz allgemein. Die lateinische Sprache wich der deutschen, das protestantische Kirchenlied begann sich zunächst nur als Organ der theilnehmenden Gemeinde, allmählich auch als künstlerischer Bestandtheil hineinzufügen. Die Passion, in deren musikalischer Vorführung man sich an einen der Evangelisten oder auch an alle vier gemeinsam anzuschließen pflegte, wurde eingeleitet durch einen Chor über die Worte: „Das Leiden und Sterben unsers Herrn Jesu Christi nach dem heiligen Evangelisten" oder ähnlicher Fassung: für das Gefühl kirchlicher Andacht, welches alles durchdrang, waren diese wie eine Ueberschrift oder Ankündigung lautenden Worte bedeutungsvoll genug, um zur Grundlage eines Tonstückes zu dienen. Den Schluß machte wieder ein Chor, regelmäßig auf die Worte gesetzt: „Dank sei unserm Herrn Jesu Christo, der uns erlöset hat durch sein Leiden von der Hölle". In der zweiten Hälfte des 17. Jahrhunderts begann man jedoch an dieser Stelle lied- oder motettenartige Sätze zu bringen, zuweilen mit Benutzung eines Passionschorals. In den Chören, welche die Worte des Volks, der Jünger, der Hohenpriester und Schriftgelehrten vortrugen, herrschte ursprünglich derselbe psalmodirende Ton, wie in der Recitation des Evangelisten, noch im Anfange des 17. Jahrhunderts sind sie, wenngleich schon individueller belebt, so doch noch sehr gemessen und an die Wendungen des Gregorianischen Choralgesanges anklingend. Heinrich Schütz, einer der größten deutschen Musiker des 17. Jahrhunderts, der 1672 als Obercapellmeister in Dresden starb, leitete die Behandlung dieser Chöre mit Entschiedenheit in andere Bahnen. Vertraut mit den damals sich in Italien entwickelnden musikalisch-dramatischen Ausdrucksmitteln hat er den Chören seiner vier Passionen eine schlagfertige, charaktervolle Belebtheit verliehen, die allerdings aus dem Kreise kirchlicher Musik in den Oratorienstil hinübergreift und zu dem psalmodirenden Gesang des Evangelisten und der übrigen Personen nicht passen will, so ausdrucksvoll derselbe auch), ausgenommen in der Marcus-Passion, schon gebildet ist. Um hier eine Stileinheit herzustellen, mußte statt dessen das wirkliche Recitativ eingeführt werden, dies hatte Schütz auch in einem früheren Werke über die sieben Worte Jesu am Kreuze schon versucht; jedoch war er später wieder davon zurückgekommen. Die Componisten der letzten Decennien des Jahrhunderts wagten den Schritt unbedenklich. Die Entwicklung der Passionsmusiken und was ihrer Gattung zugehört tritt damit in die Zeit der früher charakterisirten älteren Kirchencantate, deren Merkmale sich an ihnen wiederfinden. Zunächst selbständige Instrumentalbegleitung, die bis dahin ganz gefehlt hatte; dann die ariose Behandlung des Recitativs, ferner die Einschiebung betrachtender Sologesänge in der Form der älteren geistlichen Arie, endlich die kunstmäßige Verwendung des Chorals. Auch die weiche, elegische Empfindungsweise jener Cantaten ist den Passionen dieses Zeitraumes eigen.

Welche Wendung hiernach die Musik in den protestantischen Kirchen nahm, ist oben schon auseinandergesetzt. Die Opernmusik drang mit voller Gewalt herein und spülte mit ihrem trüben Schwall auch die letzten Reminiscenzen einer vergangenen, großen kirchlichen Kunst hinweg. Um an die Passionen heranzukommen, hätte sie aber dieses Umweges nicht einmal bedurft. Wie im Mittelalter die entscheidenden Vorgänge aus dem Leben Christi die geeignetste Grundlage für das Schauspiel abgegeben hatten, so suchten auch die Deutschen im 17. Jahrhundert zeitweilig nicht ungern ihre Opernstoffe auf biblischem Gebiet. So konnte es leicht geschehen, daß man die Leidensgeschichte einfach in der Manier eines italiänischen Opern- oder Oratorium-Textes verarbeitete, entsprechend componirte und an Stelle der alten Passionen in der Kirche zum Vortrag brachte — eine Opernaufführung, der nur die Action fehlte. Das erste Mal geschah dies im Jahre 1704 in Hamburg, wo Christian Fr. Hunold „den blutenden und sterbenden Jesus" gedichtet hatte, welchen Reinhard Keiser in Musik setzte. Maßgebend wurde nach dieser Richtung hin die Passions-Dichtung von Barthold Heinrich Brockes in Hamburg; sie erschien 1712 und unterscheidet sich im Wesentlichen nicht von Hunolds Arbeit. Nur waren, da diese großes Aergerniß verursacht hatte, einige äußerliche Concessionen gemacht: die Figur des Evangelisten war beibehalten, der freilich nicht Bibelworte, sondern freie Dichtung zu recitiren hatte, auch waren Choräle eingeflochten. Nach diesem Muster wurden forthin die Passionen dutzendweise fabricirt, welche mit der alten kirchlichen Kunstform durchaus nichts mehr als den Namen gemeinsam hatten.

Auch Händel hat die Brockes'sche Dichtung componirt und man stellt zuweilen sein Werk den Bach'schen Passionen gegenüber. Aber eine solche Vergleichung ist unstatthaft. Aeußerlich stehen Bachs Passionen zu den Opernformen nur in sehr loser Beziehung und innerlich in gar keiner. Was sich an madrigalischer Dichtung und an italiänischen Musikformen in ihnen findet, ist durch Vermittlung der Bach'schen Cantate eingeflossen, die allein die Kirchen-Cantate jener Zeit genannt werden kann. Sollte die ganze hochentwickelte Kunst des Meisters zur Entfaltung kommen — und bei der Natur des Gegenstandes verstand es sich von selbst, daß er hier sein bestes Vermögen einsetzte — so waren jene Formen unumgänglich, aber bei der inneren Umwandlung, die sie durch Bach erfahren hatten, auch unbedenklich. Im übrigen bildet er durchaus jene alte Form weiter, treu festhaltend an den Ueberlieferungen seines Geschlechtes und thüringischen Heimathlandes, wo selbst im 18. Jahrhundert noch die alte psalmodirende Passion in ihrer ganzen ehrwürdigen Einfachheit im Gebrauche verblieb. Und der Geist, in dem er sie weiter bildete, ist dermaßen derselbe, daß man ohne Bedenken in ihm den modernen Vollender jener mittelalterlichen Anfänge erkennen darf. Unter all den stürmischen Wandlungen, welche die Kirche im Laufe der Jahrhunderte bestehen mußte, hat der kunstbildende deutsche Geist nach dieser Richtung hin unbeirrt fortgewirkt; Bachs Passionen ragen auf wie tausendjährige Eichen, an denen die Wetter der Zeiten machtlos sich brachen.

Wenn ich das Wort „Passion" gebrauche, möchte ich darunter mehr verstanden wissen, als es eigentlich besagt. Allerdings war es die Leidensgeschichte vorzugsweise, welche zu den kirchlichen Aufführungen in der beschriebenen Weise den Stoff bot. Doch aber nicht sie allein; auch am Weihnachts-, Oster- und Himmelfahrtsfeste fanden solche statt. Wie ganz in Sebastian Bach diese alten Bräuche lebendig geblieben waren, das scheint auch daraus hervorzugehen, daß er außer seinen Passionsmusiken zu den genannten drei Festen eben solche Werke schrieb. Die mittelalterlichen Schauspiele, welche sich aus jenen kirchlichen Veranlassungen entwickelten, nannte man Mysterien. Es fehlt ein zusammenfassender Name für Bachs große Weihnachts-, Passions-, Oster- und Himmelfahrts-Musiken, welche aus derselben Quelle, wenngleich nach andrer Richtung hin, hervorgeflossen sind. Vielleicht gefällt die Neuerung, sie gleichfalls unter dem Namen „Mysterien" zu begreifen.

Soviel wir wissen, hat er acht solcher Werke geschaffen. Unter ihnen befanden sich fünf Passionsmusiken, deren zwei leider verloren gegangen sind. Wir besitzen die Passionen nach den Evangelisten Matthäus, Lucas und Johannes; zu einer Marcus-Passion sind Theile einer 1727 geschriebenen und noch erhaltenen Trauerode auf den Tod der Königin Christiane Eberhardine, der Gemahlin Augusts des Starken, benutzt; die fünfte Passion scheint über einen in Brockes' Manier gedichteten Text componirt gewesen zu sein. Von den übrigen drei Mysterien bezieht sich je eins auf Weihnachten, Ostern und Himmelfahrt, letzteres pflegt man gewöhnlich als Cantate „Lobet Gott in seinen Reichen" zu nennen.

Schon in Weimar wendete Bach seine Thätigkeit dieser Form zu; jedenfalls ist die Lucaspassion noch in den ersten Jahren der weimarischen Periode componirt. Die Johannespassion entstand wahrscheinlich in den letzten zu Cöthen verlebten Monaten, als Bach sich zum Antritt seines Leipziger Amtes vorbereitete, konnte jedoch erst am Charfreitage 1724 zur Aufführung kommen. Die Matthäuspassion trat am Charfreitage 1729 in der Thomaskirche zum ersten Male in die Oeffentlichkeit. Das Weihnachts-Mysterium wurde im Jahre 1734 geschaffen, die Entstehungszeit der andern beiden ist nicht genau bekannt, fällt jedoch zuverlässig in die dreißiger Jahre. Die alte Form ist in ihren Grundzügen unverändert geblieben. Ein Tenor trägt im Recitativ das Evangelium vor, wo eine andere Person spricht, setzt er aus und läßt sie gleichsam selber zu Worte kommen, ebenso tritt der Chor ein, wenn die Aeußerungen der Weisen aus dem Morgenlande, der Jünger Jesu, der Hohenpriester und Schriftgelehrten und ähnliches musikalisch dargestellt werden sollen. Umgeben und durchschlungen ist diese aus Recitativen und Chören gebildete Kette von Chorälen mannigfachster Gestalt und madrigalischen Tonstücken; jene heben in höherschwebender Betrachtung die kirchliche Bedeutung der Vorgänge heraus, diese treten in menschlich allgemeinerer Theilnahme ihnen nahe. Zu den vocalen Mitteln gesellt sich die Orgel und das von ihr durchgeistete Orchester.

Durch die textliche Erweiterung ist kein fremdes Element in die Form gebracht; dieselbe hatte, wie gesagt, von jeher die engste Beziehung zum Gottesdienste und die empfindungsfeineren madrigalischen Stücke entsprachen einer Seite des kirchlichen Lebens, die sich im 17. Jahrhundert herausgebildet hatte. Nur die Gestalt des Ostermysteriums ist abweichend, der Text nähert sich der Opernform, Choral und Bibelwort sind ausgeschlossen.

Der Bachsche Stil, welchen sich der Meister an der Orgelkunst erzog, durchdringt übrigens die Mysterien alle mit gleichmäßiger Kraft, und von der rein musikalischen Seite betrachtet, bieten sie nur wenige Ausdrucksformen, die sich nicht schon in den Cantaten fänden. Wer in Bachs Mysterien die Stileinheit vermißt, beurtheilt sie von einem Standpunkte aus, welcher nicht derjenige ihres Schöpfers war. Besonders gefährlich ist es, von ihren dramatischen Elementen, von der Gewalt ihres dramatischen Ausdrucks zu reden. Dies läßt sich mit einiger Berechtigung nur dann thun, wenn man den Begriff „dramatisch" dermaßen erweitert, daß derselbe fast alles auszeichnende verliert. Dramatisch wird ein Stoff nur durch das beherrschende Hervortreten von Persönlichkeiten und durch deren Conflicte mit ihrer Umgebung. Kirchenmusik schließt principiell alles dramatische aus; sie kann in der Schattirung der Empfindungen charakteristisch, leidenschaftlich werden, immer aber müssen diese Empfindungen den Stempel des Gemeingefühls tragen. Kaum begründeter ist es, epische und lyrische Bestandtheile in den Mysterien zu sondern. Das Epische im strengen Wortverstande ist für die Musik ganz unzugänglich. Im Grunde sind die Mysterien von Anfang bis zu Ende nur lyrisch, alles in ihnen dient gleichmäßig der Erweckung kirchlicher Andacht. Was der Evangelist erzählt, hat als Mittel zur Verdeutlichung eines geheiligten Vorganges denselben Werth für die kirchliche Empfindung, als die Worte einer an dem Vorgange betheiligten Person; in dem, was der vertretende Sänger einer solchen Person vorträgt, drückt er nicht deren unmittelbare Gefühle aus, sondern diejenigen der Gemeinde in ihr, ebenso wie der Sänger einer der madrigalischen Arien nur als Dollmetscher des kirchlichen Gesammtgefühles anzusehen ist. Wiederum: die dramatisirenden Chöre sind nicht anders als die Choräle nur der Ausdruck kirchlicher Mitempfindung; der Zweck dem alle diese Kunstmittel dienen ist stets derselbe, nur in der größeren oder geringeren

Lebhaftigkeit ihrer Wirkung sind sie verschieden. Es liegt tief im Wesen der Musik, die ja keine Verstellung kennt, begründet, daß derjenige der die Worte eines andern singend reproducirt, sich einen Moment in dessen Seele ganz hineinversetzt, es kann bei der innigen Theilnahme, welche der Protestant den Grundlagen seiner Kirche widmet, die Lebhaftigkeit der Mitempfindung wohl einmal bis zu jener äußersten Grenze fortgerissen werden, welche das wilde, fanatische Geschrei „Laß ihn kreuzigen" in der Matthäuspassion bezeichnet, immer aber sind dies nur einzelne grelle Lichter, welche der Componist kunstgemäß abzutönen und mit dem Ganzen des Gemäldes in Harmonie zu setzen weiß. Legt man den dramatischen und epischen Maßstab an, so sind die Recitative des Evangelisten freilich eine stilistische Unmöglichkeit; aber gerade hier tritt die eben bezeichnete Auffassung so klar hervor, daß sie fast nicht zu verkennen ist. Mit seinem ursprünglichen Zwecke hat das Recitativ in kirchlicher Musik überhaupt keinen Sinn und es ist früher erwähnt worden, wie Bach es erst für dieselbe brauchbar machte. Es bekommt gleichsam den Charakter eines Präludiums, dessen Fuge die nachfolgende Arie vertritt. Wie die Präludien aus Bachs reifer Zeit durch einen geschlossenen, aus einem festen Motiv hervorwachsenden Organismus sich auszeichnen, so ist auch dem Recitativ das Regel- und Fessellose abgestreift. Nicht mehr die Betonung des einzelnen Wortes ist das schlechthin Maßgebende, sondern die schöne melodische Linie, der sich die Einzelaccente unterzuordnen haben. Die Mehrzahl der Bach'schen Recitative sind taktmäßig zu singen; er hat deren mehrstimmige, er hat fugirte, es finden sich gar solche, welche die Instrumente mit einer Choralmelodie begleiten. Ganz dasselbe, nicht declamatorische, sondern überwiegend musikalische Princip mußte folglich auch in den Recitativen des Evangelisten herrschen und es ist nun keineswegs mehr stilwidrig, sondern ganz folgerichtig, wenn an besonders ergreifenden Stellen, wie dort wo von Petrus erzählt wird: „er ging hinaus und weinte bitterlich", die bisher mehr verhaltene Empfindung im breiten, herrlichen Melisma ausströmt. Die Vertreter der redenden Personen heben sich gegen den Evangelisten entweder gar nicht, oder nur durch die Beschaffenheit der Begleitung hervor; so in der Matthäuspassion Jesus durch das jedesmal zutretende Streichquartett, gleichwie dessen Reden in Passionen des 16. Jahrhunderts durch Mehrstimmigkeit ausgezeichnet wurden; das Princip der Gestaltung ist hier wie dort dasselbe.

Wie in den Cantaten, so ist auch in den Mysterien der Choral die hervorragendste musikalische Macht. Nicht nur als eigentlichster Träger der kirchlichen Empfindung, sondern auch dadurch, daß er den Keim bietet zu Kunstgebilden von einer Großartigkeit, die wohl auf keinem analogen Gebiete wieder erreicht, geschweige denn übertroffen worden ist. Unter ihnen stehen der Einleitungschor zur Matthäuspassion und der Schlußchor des ersten Theiles derselben oben an. Wenn man neben jenes Riesenwerk, das aus 3 Chören, 2 Orgeln und 2 Orchestern zusammengethürmt ist, den kleinen 27 Takte zählenden Orgelchoral „O Lamm Gottes unschuldig" hält, so scheint es unglaublich, daß beides dieselbe Form sei. Und trotzdem ist es so. Welcher Dehnbarkeit eine musikalische Form fähig ist, wenn der Lebensathem des Genius sie beseelt, dafür ist dies ein bewunderungswürdiges Beispiel. Größeres Staunen aber noch erweckt, daß in der Entwickelung eines einzigen Künstlers sich diese ungeheure Ausweitung vollzog. Hier ist Bachs Genius einer vulkanischen Naturkraft vergleichbar, die Berge hervortreibt, wo früher nur Hügel sichtbar waren oder ebenes Gefild. Selbst die Formerweiterungen Beethovens, die wir mit Recht als gewaltige Kraftäußerungen bewundern, können mit diesen Titanenthaten den Vergleich nicht aushalten. Aber noch eine andere Verwendung findet in den Mysterien der Choral, zu welcher die Cantaten keine Gelegenheit boten, und die Bach nicht sowohl von der Seite des großartigen Tondichters, als des fein empfindenden und abwägenden Künstlers zeigt. Begreiflicherweise decken sich die Gesetze künstlerischer Abrundung und Harmonie nicht immer mit den Veranlassungen zum abwechselnden Gebrauch der Kunstmittel, welche der Evangelientext bietet. Die Anordnung, in welcher hier die einzelnen Stimmen und Chöre eintreten, muß vom künstlerischen Standpunkte aus eine zufällige heißen. In diese Regellosigkeit Maß und Gleichgewicht hinein zu bringen, dazu dienen dem Meister neben den madrigalischen Formen vor allem die einfach vierstimmigen Choräle. Bald blüht eine im Evangelientext nur leise berührte Empfindung wie durch Zauberhand gestreift unmittelbar und unerwartet zur wundervollsten Gefühlsblume auf, bald verfließt eine heftigere Leidenschaft in nachdenkliches Sinnen, bald zittert Schrecken und Schmerz in frommem, demuthsvollem Gebete aus. Ueberall aber dienen die Choräle in dem Plane des Ganzen der übersichtlichen Gruppirung und wohlthuenden Abwechslung. Groß ist auch der Reichthum der übrigen Tonformen und mit ihnen der Empfindungen und seinen Empfindungsschattirungen. An der Matthäuspassion fällt diese Eigenschaft besonders auf, da sie eigentlich nur ein und dasselbe Grundgefühl variirt, aber es bricht sich in ihrem gewaltigen, vielgegliederten Bau in unzählbaren Farben mit einer Mannigfaltigkeit, die das Interesse unausgesetzt wach erhält. Bekanntlich war es diese Passion, welche durch Mendelssohns Vermittelung vor nun 50 Jahren zuerst die Aufmerksamkeit wieder auf Bachs Vocalcompositionen lenkte. Seit jener Zeit ist sie in Deutschland volksthümlich geworden. Das deutsche Volk empfand sofort, daß ihm hier ein ureigenthümliches Werk entgegentrat, in dem ein deutscher Kunsttrieb edelster Art nach vielhundertjähriger Arbeit sich zur siegreichen Vollendung aufgerungen hatte. Daß es nicht schon früher weiteste Verbreitung fand, hinderte seine Schwierigkeit und die unzulänglichen Mittel der protestantischen Kirchenchöre.

Obgleich die Wurzeln dieser Form bis tief in das Mittelalter hinabreichen, und sie nicht etwa nur, wie die Bachsche Kirchencantate, aus dem durch die Reformation bereiteten Erdreich hervorwuchs, so haftete ihrer höchsten Blüthe doch immer ein durchaus protestantischer Zug an. Eine Sprache von noch allgemeinerer Verständlichkeit redet eine andere Reihe kirchlicher Werke. Bach hat uns mehre lateinische Messen, einzelne Messensätze und eine vollständige Composition der lateinischen Worte des Lobgesanges Mariae hinterlassen, Werke also, welche in dieser Form ihre Heimath unbestritten in der katholischen Kirche haben. Nichtsdestoweniger gehören sie zu Bachs vorzüglichsten. Nach einer Erklärung dieser zuerst befremdlich scheinenden Thatsache ist viel gesucht worden. Die äußere Veranlassung zur Composition liegt näher als man vielleicht denkt. Der protestantische Gottesdienst Leipzigs hatte viel mehr Elemente des katholischen Cultus beibehalten, als derjenige anderer Städte und Länder. Noch weit über Bachs Zeit hinaus bildeten lateinische Hymnen, Motetten, Magnificat und Messensätze nothwendige Bestandtheile der kirchlichen Feier zu Leipzig, wenngleich schon im Jahre 1702 dem Rathe der Stadt Bedenken aufstiegen wegen der dadurch bewirkten Aehnlichkeit mit dem katholischen Cultus.

Sogar gewisse Gesänge, mit welchen der Thomanerchor die Straßen durchzog, waren noch im 18. Jahrhundert lateinisch. Bach genügte also mit der Composition solcher Kirchenstücke einfach den Forderungen seines Amtes, wie andere Thomascantoren ebenfalls vor und nach ihm thaten. Sein Magnificat wurde für eine Weihnachtsvesper, wahrscheinlich im Jahre 1723, componirt. Die verschiedenen Sanctus, welche wir von ihm besitzen, waren bestimmt, an hohen Festtagen Vormittags nach der Predigt musicirt zu werden. Am Reformationsfeste und ersten Adventsonntage wurde in Leipzig das Kyrie im Figuralstile gesungen. Das Gloria konnte als Weihnachtsmusik Verwendung finden. Dagegen bot freilich der Cultus der Leipziger Hauptkirchen zur Aufführung von ganzen Messen, selbst von den sogenannten Missae breves zu Bachs Zeit keine Gelegenheit. Die Veranlassung zur Composition solcher Werke kam ihm vom katholischen Hofe zu Dresden, bei welchem er seit 1736 als Hofcomponist fungirte. Da Bach eine durchaus protestantische Natur war, so konnte er freilich den speciellen Anforderungen einer katholischen Kirchenmusik innerlich nicht genügen. Dies war aber auch nicht seine Absicht, und dadurch daß er für die Messen Stücke aus seinen Kirchencantaten verwendete, ja in einer derselben sogar einen protestantischen Choral einflocht, zeigt er, daß er auch hier seinen protestantischen Standpunkt nicht verleugnete. Ja bei der großen Hmoll-Messe, die er um 1732 begann und gegen 1738 beendigte, muß er überhaupt auf eine Aufführung während des katholischen Gottesdienstes verzichtet haben, weil dieses Werk wegen seiner kolossalen Verhältnisse für eine solche gänzlich unbrauchbar ist. Er verleugnete den protestantischen Standpunkt nicht, aber er erhob sich auf ihm zu einer solchen Höhe, daß er auch von dem gegenüberliegenden Gebiete aus gesehen und verstanden werden konnte. Die Hmoll-Messe, in welcher Bach vielleicht das Tiefste und Gewaltigste zusammen gefaßt hat, was er auf dem Gebiete vocal-instrumentaler Tonkunst zu geben hatte, bedarf nicht wie seine übrigen Kirchenwerke zu ihrer vollen Wirkung der Einfügung in den protestantischen Gottesdienst, ja in ihrer Ganzheit erlaubt sie dieselbe nicht einmal. Sie bezeichnet nicht eine Verschmelzung protestantischer und katholischer Kirchlichkeit zu einem höheren Dritten, aber sie ist ein Triumph der Kunst über confessionelle Schranken. —

Das hervorragendste Instrument im 17. Jahrhundert war die Orgel, doch war sie nicht das einzige bedeutende, und es wird erinnerlich sein, daß die musikalische Productionskraft des deutschen Volkes nach dem 30jährigen Kriege nicht nur im Choral sondern auch im gespielten Tanze sich äußerte. Nach beiden Seiten hin stellte das Bach'sche Geschlecht seine Vertreter, nach Seite des Chorals in den Cantoren und Organisten, nach Seite des Tanzes in den Kunstpfeifern. Dieselben brachten eine Anzahl von Tänzen in eine gewisse Reihenfolge und nannten sie unter diesem Gesichtspunkte Partien; sie wurden bei festlichen Gelegenheiten auf den damals üblichen Instrumenten: Geigen, Oboen, Fagotts vorgetragen. Der feinere Kunstsinn veredelte ihre populäre Derbheit, stellte sie in anmuthiger Abwechslung zusammen und schickte ihnen eine Ouvertüre im französischen Stile voraus. Diese Form fand nun auch in den gebildeten musikalischen Kreisen Aufnahme. Wenn selbst Bach vier solcher Orchesterpartien schrieb, so trat er damit nur die Erbschaft seiner Vorfahren an. Ihre kernhafte Fröhlichkeit verräth, daß diese Musik der Quelle des Volkslebens nach ziemlich nahe fließt. Was durch seine Arbeit ohne den Charakter zu schädigen an ihnen zu machen war, hat Bach gethan, und noch heute haben sie sich ihre erheiternde und erfrischende Wirkung bewahrt. Einer breiten oder vertiefenden Entwicklung waren die Orchestertänze nicht fähig, auch schadete ihnen in der allgemeinen Meinung wohl ihre wenig vornehme Herkunft; doch fand einer derselben, der Menuett, später in dem Rahmen der viersätzigen Orchestersymphonie seinen bedeutsamen Platz. Eine allseitig verfeinernde Durchbildung erfuhren aber die Tanztypen in der Uebertragung auf das Clavier, als Haus= oder Kammermusik. Hier ging aus ihnen die Kunstform hervor, welche den französischen Namen Suite führt. Dieselbe besteht durchschnittlich aus vier Stücken, der deutschen Allemande, der französischen oder italiänischen Courante, der spanischen Sarabande und der englischen Gigue. Unzweifelhaft haben die Deutschen des 17. Jahrhunderts an der Bildung dieser Form einen großen Antheil. Auf die Gesammtordnung gesehen liegt ihr dasselbe Princip der Dreitheiligkeit zu Grunde, wie der italiänischen Arie, indem die Courante mit der Allemande nicht nur in der Stimmung eng zusammenhängt, sondern auch nicht selten variationenhaft aus derselben entwickelt zu werden pflegt. Die würdevolle Sarabande bildet den Ruhepunkt in der Mitte und die leicht dahin gaukelnde Gigue führt das Ganze zu einem fröhlichen Ende.

Doch wird bei allen vier Stücken dieselbe Tonart gewahrt, dadurch bekommt die Form etwas in sich Beruhigtes, was andern ebenfalls dreitheiligen fehlt. Die Franzosen verliehen den Tänzen nur in rhythmischer Beziehung die endgültige Form, weil aber darauf in diesem Falle ein großes Gewicht ruhen muß, so erklärt es sich, daß sie der Form den allgemein angenommenen Namen gaben. Im übrigen waren sie keineswegs ihre Vollender, dieses wurde erst Sebastian Bach, der wie er den Franzosen Marchand im Spiele überwand, so auch in der Composition ihn und dessen Landsleute weit übertraf, ohne ihre Errungenschaften unbenutzt zu lassen. Händel hat einige den Bachschen ebenbürtige Clavier-Suiten geschrieben, von diesem selbst sind drei Hauptwerke mit je sechs Suiten hinterlassen. Für eines derselben hat er wie im Bewußtsein des Verdienstes, das er und die deutsche Nation sich um die Suitenform erworben haben, den französischen Namen wieder durch denjenigen ersetzt, den die deutschen Componisten um 1700 diesen Tanzgebinden zu geben pflegten. Der erste Theil seiner sogenannten Clavierübung, welcher 1730 vollendet war, enthält sechs Partiten. In Cöthen entstanden sechs Suiten, welche man später französische nannte, wohl nur wegen ihrer knappen Formen, worin sie allerdings denen der Franzosen ähnlich und von den übrigen Bachschen verschieden sind; von einer Nachahmung des französischen Stiles ist nicht die Rede. Das dritte um 1727 vollendete Hauptwerk enthält ebenfalls sechs Suiten in breitester Form, nach einer äußeren Veranlassung die englischen genannt. Die vier Hauptsätze finden sich auch bei Bach in jeder Suite wieder, nur hatte sein Gedankenreichthum daran nicht genug, häufig schickt er ein Präludium oder eine Ouvertüre im französischen Stile vorher, und zwischen Sarabande und Gigue liebt er kleine pikante Tanzstückchen einzuschieben wie zur Vermittlung der schroffen Gegensätze. Diese Bachschen Compositionen gehören zu den köstlichsten Früchten der Clavierkunst. Man kennt den großen Meister nur einseitig, wenn man ihn aus seinen erhabenen Orgelwerken und kirchlichen Vocalstücken begreift. Bilder unschuldiger Freude und zarter Schwärmerei, ernsten Sinnens und tiefer Wehmuth, Bilder drolliger Ausgelassenheit, schelmischer Laune und schwungvoller Lust lassen jene Suiten an uns vorüber ziehen. In der Bachschen Claviermusik leben zwei Seelen, die eine gehört der Vergangenheit, da das Clavier als Clavicembalo gleich der

Orgel einer feineren Schattirung und eines innigeren Ausdrucks noch unfähig war, die andere strebt der Zukunft zu, welche diese Mängel heben sollte und in dem zarten, aber ausdrucksvollen Clavichord, einem Lieblingsinstrumente Bachs, dafür bereits Bürgschaft besaß. Jene verlieh der Bachschen Claviermusik das Gediegene, Echte, diese das Anheimelnde, Erwärmende, den Frühlingshauch, der das Herz höher schlagen läßt im Vorgefühl einer halbverhüllten, verheißungsreichen Zeit.

Zu der Ausbildung der Suite haben neben den Deutschen und Franzosen auch die Italiäner beigetragen, doch in untergeordneter Weise. Ein viel größeres Verdienst erwarben sich diese um die übrigen Instrumentalformen, die sich kurz durch die beiden Namen der Sonate und des Concerts bezeichnen lassen. Sonate bedeutete ursprünglich nur ein von Instrumenten gespieltes Stück im Gegensatze zur gesungenen Musik. In einem höheren Entwicklungsstadium instrumentaler Tonkunst hat man dann zwischen Kirchen- und Kammer-Sonate zu unterscheiden. Jene, als deren Begründer der um 1600 lebende Venetianer Johannes Gabrieli angesehen wird, ging häufig einem kirchlichen Vocalstücke voran, bei ihr galt es hauptsächlich die ruhig-breite Entfaltung voller und schöner Harmonien, während von der Durchführung eines Motivs abgesehen wurde. Es mag gleich hier bemerkt werden, daß auch sie durch Sebastian Bach ihre Vollendung erfahren hat, er verwendet sie zuweilen zur Einleitung seiner Kirchenmusiken. Eine spätere Zeit hat diese Form ganz vernachlässigt. Sie erfuhr übrigens im 17. Jahrhundert eine Erweiterung nach dem allgemeinen Kunstmotiv der Gegensätzlichkeit, indem sich an sie noch ein bewegterer, imitatorischer Satz anschloß. So diente sie dem Bildungsprocesse der Kammersonate, deren Grundprincip der mehrmalige Wechsel zwischen langsamen und raschen, breitharmonischen und fugirt-melodischen Sätzen war. Als ihr angesehenster Vertreter galt seiner Zeit Arcangelo Corelli, der von 1653 bis 1713 lebte, die gewöhnliche Besetzung bestand aus zwei Geigen und Baß mit begleitendem Cembalo oder aus einer Geige und Cembalo allein. Dem Zuge der Zeit folgend, spielte man die weltliche Kammersonate unter Orgelbegleitung auch in der Kirche und nannte sie dann ebenfalls Kirchensonate, obwohl sie etwas ganz anderes ist als die alte Gabrielische. Nur enthielt man sich dann der Tanzstücke, welche übrigens auch in die Sonate nach dem erwähnten

Grundprincip der Abwechslung eingereiht wurden. Die Normalzahl der Sätze stellte sich mit der Zeit auf vier, gleichwie bei der Suite, doch beruht darin ein wesentlicher Unterschied, daß zum zweiten langsamen Satze gern eine andere Tonart gewählt wird.

Die zweite der beiden Hauptformen war das Concert. Seinen Namen führt es von dem Wettstreit, welchen in ihm ein Soloinstrument mit einer Gesammtmasse von Tonwerkzeugen eingeht. Aus ihm wächst auch im Einzelnen wie im Ganzen die Form hervor. Die regelmäßige Zahl der Sätze ist auf drei beschränkt, weil in ihnen sich das Soloinstrument dem Tutti gegenüber von allen Seiten genügend zeigen kann. Der erste Satz schildert den Ringkampf am ernstesten und leidenschaftlichsten entbrannt. Am Eingange steht hoch aufgerichtet ein wuchtiges Tutti-Thema, dem alsbald ein beweglicher geschmeidiger Solosatz von entsprechender Länge in derselben Tonart gegenübertritt. Aus diesem Gegensatze, der sich mit Umbildungen, Erweiterungen und gegenseitigen Verschlingungen in den nächstliegenden Tonarten wiederholt, geht das Ganze hervor. Das zweite Stück sollte dem Solisten Gelegenheit geben, seine Fähigkeit in schönem Ton, Gesang und anmuthigen Verzierungen zu zeigen, hier verhält sich das Tutti stützend und abwartend, bis es in die glänzende Bewegtheit des letzten Satzes fortgerissen wird, wo das Soloinstrument tanzartig dahin zu schweben pflegt, einen nochmaligen ernstlichen Kampf mit dem Tutti siegesgewiß verschmähend. Das Concert, dessen Grundzüge bis heute gültig geblieben sind, verdankt seine Ausbildung vorzüglich dem Venetianer Antonio Vivaldi, der im Jahre 1743 starb.

Wie früher erwähnt wurde, beschäftigte sich Bach zum ersten Male gründlich mit der italiänischen Kammermusik in seiner weimarischen Periode. Hier arrangirte er 19 Vivaldische Violinconcerte für Clavier und Orgel, hier entstanden sicherlich auch die schönen Orgel- und Clavierfugen über Corellische und Albinonische Themen. In Cöthen, wo seine Thätigkeit sich ganz auf die Kammermusik beschränkte, trug dieses Studium seine reichsten Früchte. Welche der italiänischen Formen und wann er sie auch aufgriff, überall schuf er sie zu etwas neuem und eigenthümlichem um. Durch Uebertragung des Orgelstils auf das vocale Gebiet war eine neue Gattung der Kirchenmusik entstanden; durch ein ähnliches Verfahren erwuchs zum ersten Male die deutsche Kammermusik zu ihrer vollen Größe. Eine

Uebertragung, wie sie hier stattfand, ist indessen nicht so zu verstehen, als ob den Instrumenten ein ihnen ursprünglich fremdes Wesen aufgezwängt sei. Auf diese Weise würde selbst der genialste Tonschöpfer niemals etwas erreichen, was in seiner Art ein Höchstes darstellt. Was heute bei Beurtheilung der Bach'schen Kammermusik meist außer Acht gelassen wird, ist die Bedeutung, welche für sie das damalige Cembalo hatte. Es gab in jener Zeit keine Kammermusik ohne dessen Mitwirkung. Nun muß immer, wenn sich mehre Tonkörper zu einem Ganzen vereinigen, einer von ihnen den Gesammtcharakter bestimmen. In unserm Orchester dominirt das Streichquartett, im Chorwerk mit Instrumentalbegleitung entscheidet der Zusammenklang der Menschenstimmen. Wenn Bach Geigen und Bläser mit dem Cembalo combinirte, richtete er den allgemeinen Stil nach dem Charakter des letzteren ein, diesem aber hatte er, da es in der Unbiegsamkeit des Tones der Orgel nahe verwandt war, vieles aus dem Reichthume derselben zu eigen geben können. Daß er hiermit etwas neues that, erklärt sich aus der untergeordneten Rolle, welche bei den Italiänern dem Cembalo der Violine gegenüber zufiel, und daraus, daß alle andern Componisten jenen blindlings folgten. Recht hell spiegelt sich in der Stellung, welche die beiden Nationen zu den Instrumenten einnehmen, die Verschiedenartigkeit ihres Charakters wieder: der dem Melodischen und der populären Wirkung zugeneigte Sinn der Italiäner bevorzugte die Geige, die deutsche Vorliebe für Tiefsinn und Innerlichkeit das harmoniereiche Cembalo. Wenn Bach das Clavier obligat behandelt, wie er es meistens thut, so ist in der Assimilirung der andern Instrumente an den Charakter desselben die künstlerische Logik unanfechtbar. Nur dort wo das Clavier in jener unselbständigen damals gebräuchlichen Weise accompagnirt, daß es nur dem Gange der Harmonien folgt, ist sein beherrschender Einfluß ein etwas erkünstelter, noch mehr ließe sich einwenden, wenn er sich auch in Solocompositionen für Violine und Violoncell geltend macht. Jeder Mensch bewegt sich in gewissen Grenzen, Bach war eben durch und durch ein Deutscher, im andern Falle wäre seine gesammte Orgel- und Kirchenmusik unmöglich gewesen. Klingt nun auch der Stil der Kammercompositionen mit obligatem Clavier manchem zuerst fremdartig, so begründet sich dies durch die wesentliche Verschiedenheit unserer heutigen Flügel von den damaligen. Nicht allen Instrumenten ergeht es wie der Violine und Orgel, deren Natur schon seit 150 bis 200 Jahren sich nicht erheblich mehr verändert hat, und was wir jetzt bei Bach empfinden, werden wir voraussichtlich in wenigen Decennien an den Violinsonaten Mozarts und Beethovens erleben.

Die Sonatenform ist bei Bach durchgängig die viersätzige, es folgt also zweimal je ein schneller Satz auf einen langsamen. Darnach scheint die Form von der heutigen noch verschieden, weil dieser die Dreitheiligkeit zu Grunde liegt, allein es scheint nur so. Der erste Satz trägt nur einen Einleitungscharakter, das stärkere Gewicht fällt auf den zweiten. Dieses Verfahren kennen auch die späteren Sonatencomponisten und bei der Symphonie ist es gar zur Regel geworden. Im Charakter der einzelnen Sätze herrscht ebenfalls vollständige Uebereinstimmung, der erste pathetisch und bedeutsam, der letzte heiter und leicht. Ja selbst im technischen Bau ist für Adagio und Schlußsatz kein, für den ersten kaum noch ein Unterschied vorhanden, in vielen Sonaten zerfällt dieser auch bei Bach in jene bekannten drei Theile, von denen der dritte den ersten wiederholt, der zweite einen Stoff verarbeitet, welcher im ersten gegeben war. Nur der Weg auf welchem der ältere Meister zu dieser Form kam, ist ein anderer, obwohl ihm der nach seinem Tode eingeschlagene keineswegs unbekannt war. Neue Instrumentalformen sind überhaupt nach ihm nicht mehr geschaffen, man müßte denn die Einfügung des Menuetts in die Symphonie durch Joseph Haydn als eine solche ansehen, worin, da der Menuett die Haupttonart wahrt, eine Verschmelzung des Suiten- und Sonatenprincips zu Tage tritt. Er selbst bewegte sich im allgemeinen zwar auch in den Grenzen, welche seine Zeit um ihn gezogen hatte, aber diese waren eben so weite, daß sie uns im Vergleiche mit der von Bach entwickelten schöpferischen Freiheit fast zu verschwinden scheinen. Spürt man dennoch den Kunstelementen nach, welche er als überlieferte benutzte, so entschleiert sich in seinem Schaffen ein Bild eigenthümlichster Großartigkeit. Man schaut hinab wie in das geheimnißvolle Wirken der Natur, wo nach einem ewigen Plane die Kräfte sich bewegen, trennen und vereinigen. Krystallen gleich schießen die Formenelemente an, oft von den entlegensten Stellen her wie durch unsichtbare Gewalten gezogen, aber mit innerster Nothwendigkeit erhalten sie stets ihren Platz. Schön und im höchsten Wortverstande harmonisch, wie es das einzelne Kunstwerk sein soll, ist Bachs gesammtes Schöpferleben, unwillkürlich gedenkt man Göthes tiefsinniger Worte: „Mir ist es bei Bach, als ob sich die ewige Harmonie mit sich selbst unterhielte, wie es sich im Busen Gottes vor der Schöpfung mag zugetragen haben".

Eine bewundernswerthe Aeußerung formbildender Kraft verbirgt sich wie bei Bach so häufig unter einer ganz unscheinbaren Hülle. Es sind die Inventionen und Sinfonien, fünfzehn kleine zwei- und dreistimmige Clavierstücke, von denen man nichtsdestoweniger behaupten muß, daß sie zu den größten Meisterwerken deutscher Kunst gehören. Bei genauester Untersuchung lassen sich wohl einige Punkte entdecken, die einen äußeren Zusammenhang mit gewissen bekannten Formen andeuten, im übrigen ist ihre Neuheit ohne Gleichen, auch unter der Bachschen Claviermusik. Kein leuchtenderes Beispiel giebt es für den Satz, daß erst in der Beschränkung sich der Meister zeigt. Man möchte sagen, es sei der Geist von Bachs Instrumentalwerken, der hier eine besondere Gestalt gewonnen. Alles was man im großen an ihnen bewundert, ist hier zu einem Mikrokosmos zusammengedrängt, kunstvollste Structur gepaart mit krystallener Klarheit, wärmste Innigkeit, ja selbst die technischen Schwierigkeiten sind nach der Seite des Feinen und Durchgeistigten hin erhöhte zu nennen. Den eigenthümlichen Titel hatten diese Stücke nicht von Anfang an und immer noch kann man über das Bezeichnende desselben im Zweifel sein, aber insofern genügt er dem Inhalte, indem er ihn als ein Unvergleichliches in der Clavierliteratur hinstellt. Unvergleichlich wenigstens in seiner Gesammtheit ist auch Bachs populärstes Instrumentalwerk, das Wohltemperirte Clavier, eine Sammlung von zweimal 24 Präludien und Fugen durch alle Dur- und Molltonarten. Eigentlich galt der Name nur den ersten 24, welche gleich den Inventionen und Sinfonien in Cöthen abgeschlossen wurden. Er ist aber für die Anschauung Bachs so bezeichnend, daß man ihn füglich auf das ganze Werk ausgedehnt hat. Die Möglichkeit, auf dem Claviere in allen Tonarten spielen zu können, war erst zu Bachs Zeit und großentheils durch sein eignes Verdienst erreicht: es bedarf dazu einer besondern Kunst des Stimmens, welche die absolute Reinheit der Intervalle etwas alterirt, damit die zwölfte Quinte des Grundtons wieder auf diesen zurückführt. Bescheiden dachte Bach zunächst nur an den instructiven

Zweck eines Werkes, das fast durchaus aus den kostbarsten Kunstjuwelen zusammengereiht ist, an dessen unerschöpftem Schönheitsborn sich Tausende und Tausende bis jetzt gelabt haben. Mehr fast noch als von den Orgelfugen, geht von diesem Werke Bachs Ruhm als unerreichter Fugencomponist aus, und eine Zeitlang war es wohl das einzige, das von ihm in weiteren Kreisen bekannt war. Endlich hat er auch mit der Claviervariation durch eine einzigartige Leistung seinen Namen für immer verbunden. Im vierten Theile der sogenannten „Clavierübung" wird ein liedartiger Satz dreißig Mal mit dem seltensten Reichthum combinatorischer Erfindung verändert, indem der Componist nicht dem Gange der Themamelodie folgt, sondern nur den Baß derselben consequent festhält, und so aus einer geistreichen Verbindung von Passacaglio und Variation eine neue Kunstform hervorgehen läßt.

Es können dies nur Andeutungen der Vielseitigkeit sein, welche Bach auch als Componisten von Kammermusik auszeichnet. Im Grunde giebt es keine musikalische Form seiner Zeit und näheren Vorzeit, welche er nicht beherrscht und mit seinem Geiste durchdrungen hätte. Nennt man Händel im Vergleich zu Bach den universaleren Künstler, so darf dies nur so verstanden werden, daß seine Tonsprache weniger nur dem Fassungsvermögen gewisser Gesellschaftsclassen oder einer bestimmten Nation zugänglich, sondern allgemeiner verständlich ist. Der Umfang seiner Ausdrucksmittel ist dagegen, wie das bei Händels Tendenz ganz natürlich erscheint, kein ungewöhnlich großer. In dieser Hinsicht ist vielmehr Bach universal, ja der universalste Musiker, den wir kennen. Vergleiche zwischen großen Künstlern zu ziehen hat sein mißliches, da ein jeder etwas besitzt, worin er alle andern übertrifft. Händel ist im Oratorium, Mozart in der Oper ebenso unerreicht, wie etwa Bach in der Orgelfuge. Daß dennoch bei Bach die Sache etwas anders liegen muß, bemerkt man schon, wenn man, wie eben geschehen, eine Seite seines Schaffens mit den höchsten Leistungen anderer Meister in Parallele setzen will. Wer einen Ueberblick über seine Werke hat, wird sich schwerlich zu entscheiden wissen, ob er Orgelcompositionen, Cantaten, Mysterien oder Messen, ob er Suiten, Concerte oder Sonaten nennen soll. Denn in allen diesen Dingen ist Bach einzigartig. Künstler sein heißt einen Stoff gestalten können. Der einzige objective Maßstab der Kunstgröße ist deshalb aus der Beobachtung der formbildenden Kraft zu gewinnen. Und dieser wird ohne Zweifel für Bach entscheiden, da der Reichthum der von ihm geschaffenen organischen Kunstformen von Niemandem neben und nach ihm erreicht ist. Der Grund einer so unerhörten Schöpferkraft ist in zwei sich gegenseitig durchdringenden Momenten zu sehen, in Bachs persönlichen Verhältnissen und in seiner Zeit. Da er zu einer Familie gehörte, deren Trachten schon seit hundert Jahren ausschließlich auf die Musik gerichtet war, und deren Disposition dazu sich stufenmäßig steigerte bis zu ihm hinan, repräsentirt er fast mehr die Talentgröße eines ganzen Geschlechtes, als nur seines Individuums. Im 17. Jahrhundert liefen in Deutschland zwei Kunstströmungen neben einander her, die eine ihrem nicht fernen Ende entgegen, die andere von einem nicht entlegenen Anfang her: Kirchenmusik und Instrumentalmusik. Durch die Ueberlieferungen und Fähigkeiten seines Geschlechtes, die in Bach sämmtlich weiter lebten, wurde er so gestellt, daß er nicht mit einer dieser beiden Strömungen vorzugsweise zu schwimmen brauchte, sondern sich zu beiden in gleich innigem Verhältniß fühlte, und sie mit einander zu vereinigen strebte. Dies Zwiefältige wird durch das Wort „Orgel", den Ausgangs- und Kernpunkt von Bachs Schaffen, scharf gekennzeichnet. Als Instrument, das ganz der Kirche angehört, in ihr und durch sie seine Vervollkommnungen erfahren hat, ist sie kirchlich; als wortloses Tonwerkzeug ist sie es nicht. Als wortloses Tonwerkzeug ist sie im Gegensatz zum menschlichen Gesang ein todtes Instrument, als Künderin und Deuterin von Chorälen mit allbekannten Texten hat sie Seele und Poesie. Vocale und instrumentale oder poetische und reine Musik sind die beiden Pole, durch deren gegenseitige abstoßende oder anziehende Einwirkung die musikalische Entwicklung in Fluß erhalten wird. Treten sie einmal in einer Person zusammen, so wird deren Thun von der lebhaftesten wechselseitigen Beeinflussung Zeugniß geben müssen. Ein beständiges Uebergehen aus einem Gebiete in das andere ist in Bachs Künstlerthum in die Augen fallend. Bald drängt der ideale Gehalt, wie im Orgelchoral nach der poetischen Seite hinüber und treibt die choralischen Vocalstücke hervor, bald neigen sich die freien Gesangstücke der Cantaten und Mysterien und die Messen weit in das Gebiet des reinen Tonwesens hinein und suchen das Wort im musikalischen Strome zu verflößen, immer aber bilden jene beiden

Mächte eine unauflösliche Einheit. In dieser Mischung liegt es, daß man Bach einen Romantiker im höchsten Sinne nennen kann, hierin liegt endlich auch der wahlverwandte Zug, der die Kunstwelt unserer Zeit zu ihm hinüberzwingt und der Hoffnung auf eine umfassende Wiederbelebung seiner Werke den festesten Grund gewährt.